KB275798

전마포경찰서 정보과 형사의
김대중 보고서

김대중 보고서

차 례

들어가는 말

결코 짧다고 할 수 없는 내 경찰인생의 대부분은 정보
과 형사로서 현 국민회의 김대중 총재 일가와 더불어 이
루어져 왔다.

1976년 김대중 총재의 자택 앞에서 김 총재 일가와 지지
자들의 출입자 동향 감시를 위한 잠복근무로 시작된 질긴
인연은, 그분이 일산으로 떠나고 내가 정년퇴임을 마친 얼
마 전까지 나를 동교동에 묶어두었다.

그 동안 우리 정치사가 격변을 거듭한 만큼 동교동
178-1번지도 변했고 이 글을 쓰는 나 자신도 많이 변했
다. 김 총재 자택 앞 복덕방에서 위장근무를 하며 라면을
끓여먹던 팔팔한 청년이 어느새 세 아이를 키워 사회인으
로 보내 놓은 초로의 나이로 접어들었으며, 이제 만감이
서린 정보과 형사란 직함도 나를 떠났다. 낡은 세포가 도
태된 자리에 새 살이 돋듯이 보다 의욕적인 젊은 후배들
에게 자리를 넘겨주고 조용히 무대 뒤로 물러난 것이다.

그 동안 동교동에서 근무하면서 나는 줄곧 언젠가는 내 경험을 기록으로 남겨야겠다는 생각을 해왔다. 오랜 세월 김 총재의 가택 연금에 참여하여 김 총재를 감시하고 미행하면서 느낀 것은 단 하나, 김 총재에 대한 내 관찰을 언젠가는 꼭 세상에 알려야겠다는 의무감 아닌 의무감이었다.

그래서 그때그때 메모도 했고 나름대로 정리를 해왔다.

하지만 불행히도 그 메모는 지금은 사라지고 없다. 내가 암으로 투병하는 동안 누군가(아마도 정보유출을 염려한 다른 기관원이나 혹은 나를 염려한 동료가 아닌가 짐작해 보는데) 치워(?)버린 모양이다.

역사의 소로를 걷다 가끔 발에 밟히는 그저 그런 이야기 중 하나로 묻어두기엔 아까운 일이 너무 많다. 하지만 전문적인 글재주도 없고 특별히 글쓰기 훈련 같은 걸 받아본 적도 없는 내가, 더구나 메모까지 잃어버리고 난 오늘 과연 그 오랜 기간의 기억들을 체계적으로 정리해 내는 일이 가능하기나 한 일일까 하는 두려움이 늘 내 발목을 잡았다.

변명 같지만 이 글을 쓰면서 나는 결코 다가올 선거나 그 외 다른 무엇을 염두에 두었던 적은 없다. 결과적으로 그렇게 돼버렸지만, 본래 나는 그렇게 계획성이 있는 사람이 못 된다.

오히려 위에 언급한 내 자신의 부담감과 그 외 이러저러한 이유로 차일피일 미루어오다가 어느덧 정년퇴임을 하게 된 것이다.

일선에서 물러났으니 내 기억은 더욱 무디어져 갈 것이
다!

이런 생각이 나를 더욱 초조하게 만들었다. 그 강박관념
이 나로 하여금 모험을 감행하도록 부추겼다. 그리하여 일
단 저질러놓고 보자는 만용(?)이 들었고, 과감하게 출판사
의 문을 두드린 것이다.

다행히 좋은 출판사를 만나게 되어 책을 낼 수 있게 된
것을 기쁘게 생각한다. 한편 메모의 분실로 많은 기억들을
정리해 내지 못하고 구체적인 사실들을 밝힐 수 없는 것
은 참으로 애석한 일이었다.

하지만 나는 아직도 많은 것을 생생히 기억하고 있다.

지금까지 많은 분들이 김 총재에 관한 글을 썼고 그 대
부분을 나도 보았다. 그래도 나는 나대로 쓸 것이 있다고
생각했다.

막상 펜을 잡고 보니 부끄러운 생각이 없는 것도 아니
다. 어쩌면 그분들의 글과 내가 쓰는 글이 크게 다르지 않
을지도 모른다. 그러나 글자 그대로 이것은 오랜 세월 내
가 직접 김 총재를 근접 감시하면서 보고 느꼈던 부끄러
운 기록이다. 가급적 사실에 충실하려고 노력한 한 정보과
형사의 가감 없는 관찰 기록인 만큼, 독자 여러분의 김 총
재에 대한 이해에 한 가지라도 새로움을 보태줄 수 있다
면 나는 그것으로 만족할 생각이다.

마산경찰서 시절

내가 경찰에 입문한 것은 1969년 12월 13일, 내 나이 서른두 살 때였다. 지금으로 따져도 꽤 늦은 나이에 순경이 된 셈이다.

육군 사병으로 제대한 나는 사실 경찰이 될 생각은 거의 하지 않았다. 지금이야 이런 말을 한다는 게 우습기는 하지만, 어쨌든 그때는 보다 더 중요한 무슨 일을 할 사람으로 내 자신을 생각했던 것이다.

그러나 예나 지금이나 세상은 그렇게 호락호락하지가 않아, 이것저것 그 시절 젊은이들이 하는 일을 두루 한 번씩은 건드려보았지만 별로 신통한 결과를 얻지 못하였다. 그러던 중 더 이상 이렇게 시간을 보내서는 안 되겠다는 생각이 들어 그 동안 마음 한구석에 간직해 왔던 경찰시험에 응시, 뒤늦게 막차를 탔던 것이다.

그 뒤 한 일 년 남짓 전투경찰대에서 근무를 했다. 그리고 일반 경찰서로 옮겼는데, 그 첫 근무지가 마산경찰서 중리지서였다.

내가 김대중 총재의 이름 석 자를 처음으로 기억하게
된 것은 바로 그곳 중리지서에서였다.

당시 대부분의 시골 마을이 그러하듯 중리는 아주 조용
하고 한적한 곳이었다. 하루종일 있어도 사소한 다툼들
뿐, 어쩌다 한 번씩 일어나는 그렇고 그런 일들 외엔 사고
라고 할 만한 일은 거의 없었다. 주민들도 경찰관이라고
해서 요즘처럼 특별히 거리를 두지도 않았고, 아주 따뜻했
으며 편안했다.

우리 지서 식구들은 그대로 마을 사람들의 일부가 되어
아무 거리낌없이 동네 사람들과 서로 다른 정치적 신념도
이야기하고 논쟁도 벌였으며, 퇴근 후엔 만나는 이 아무하
고나 자연스럽게 어울려 술도 마셨다.

그리 오래된 기억이라고 생각되지 않는데, 마치 먼 남의
나라 이야기 같은 느낌이 드는 것은 그 동안 세상이 너무
멀리, 너무 빨리 달려왔기 때문이라는 생각이 든다. 요즘
같은 세태엔 상상하기도 쉽잖은 일이다.

지금은 그곳을 통과하여 고속도로도 뚫렸다고 하고, 도
시로 편입되어 몰라보게 달라졌다는 얘기도 듣게 되는데,
꼭 한번 가보고 싶은 곳이다. 그 동안은 정보과 형사가 하
는 일이란 게 늘 특별한 일 없이 바쁘던 터라 그런 일상
의 달콤한 추억을 추억 이상의 것으로 용납하지 않았다.

글을 쓰다보니 그 시절의 추억들이 봇물 터지듯 밀려와
서두가 너무 길어졌다.

하여튼 나는 내 이야기를 먼저, 그 시절 나의 직속상관

이었던 중리지서의 진 지서장과 중리 마을 사람들에 대한 기억에서부터 출발하려고 한다.

지서장은 지금은 너무 오래된 관계로 이름은 기억나지 않고 다만 성이 진씨였다는 것만 생각이 난다. 작은 체구에 운동으로 다져진 다부진 몸을 가진, 그러면서도 사리가 분명한 분이었다.

이야기를 할 때면 언제나 차분하고 논리가 정연했지만 일을 할 때는 범처럼 날래서 흠잡을 데가 없었다. 이웃의 불행을 보면 경찰관이 아닌 한 이웃으로 가만히 두고 보질 못했고, 강직하고 청렴했으며, 당시의 사회 풍토로는 드물게 가정적이었다.

그러면서도 성격은 호탕하여 누구와도 쉽게 어울렸다. 이웃들은 모두 진 지서장을 사랑했고, 부하직원들 역시 진 지서장을 존경하였으며, 은연중에 진 지서장의 행동을 모방하는 사람도 있었다.

요즘 나는, 사람이 사람에게 영향력을 끼칠 수 있다면 그건 교육을 통해서가 아니라 바로 그런 방식이 되어야 하지 않을까 하는 생각을 자주 해보곤 한다.

당시 나는 막 경찰에 입문한 햇병아리였으므로 지서장과는 공적인 상하관계 이상의 특별한 개인적 친분을 갖지 못했다. 그러나 세월이 흐르면서, 아니 오히려 그럴수록, 요즘 같은 세태에 정말 필요한 경찰상이 아닌가 하는 생각이 들곤 한다.

그런 진 지서장이 하루는 외출에서 돌아오더니, 내가 그 지서에 간 이래 처음으로 흥분한 모습을 보이며, 지서의 출입문을 밀면서부터 연신 감탄사를 터트렸다.

"대단해! 참, 대단해!"

"뭐가요?"

누군가 묻자,

"그 양반 말이야. 정말 대단해."

"······?"

지서장은 그때 본서 차출로 마산에서 있었던 대통령 선거 유세현장에 지원을 나갔다 돌아오는 길이었다.

당시는 1971년도로, 제7대 대통령 선거의 선거유세가 한창일 때이다. 다른 사람들이야 이미 알고 있었겠지만 나는 그때서야 비로소 마산에서 유세가 있었다는 사실을 알 수 있었다. 그리고 유세를 한 사람이 야당후보인 김대중 씨란 것도.

본래 정치 문제에 무관심한, 아니, 무지한 내가 처음으로 김대중이란 정치가에 대해 관심을 갖게 되는 순간이었다. 사실 그때까지 나는 정치나 정치가들에 대한 자세한 이야기를 들을 기회가 없었다.

"그 긴 연설을 하는 동안 허튼 소리 하나 없이 아주 조리 있게 말을 하더라구. 내 경험을 몽땅 걸고라도 말하라면 할 수 있겠는데, 거짓말을 꾸며서는 절대로 그렇게 말할 수 없을 거야. 정말 자신의 신념이 아니라면."

다른 사람 같으면 신분이 신분이니만큼 좀 조심도 했으련만 진 지서장은 그런 것엔 전혀 아랑곳하지 않았다. 하긴 당시의 세태가 또 요즘처럼 그렇게 각박하지도 않았다. 선거 막바지에 이르러 소위 고무신 바람, 막걸리 바람이

불며 대대적인 금품살포와 관권선거가 판치는 과열 양상
으로 변하기는 했지만.

진 지서장이 한창 유세현장에서 자신이 보고 들은 것에
대해 열변을 토하며 분위기를 고조시킬 때 이웃에 사는
주민들 한떼가 우르르 비좁은 지서 안으로 몰려 들어왔다.

"그 양반 억수로 똑똑타, 으잉?"

"하모야. 인물 팔아 묵어도 살겠드마."

이구동성이었다. 그들도 모두 유세장에 다녀오는 길인
모양이었다.

당시 마산은 신민당 황낙주 씨의 텃밭이었다. 게다가 군
부의 실력자였던 박종규 전 청와대 경호실장이 공화당의
지구당 위원장을 맡고 있었다.

그렇지만 사람들은 그런 것에 별로 개의치 않았다. 물론
지서장의 호방한 성격과 지서의 독특한 분위기 탓도 있었
겠지만, 지역감정이란 게 그땐 쓰여지지도 않은 단어였다.

당시 마산은 김대중 씨의 지지층이 매우 폭넓게 자리잡
고 있었다. 사람들은 공공연하게 김대중 씨 얘기를 했고,
지서라고 해서 크게 조심하지도, 다르지도 않았다.

하지만 진 지서장이 김 총재의 진면목을 알게 된 것은
아마 마산 유세를 통해서일 것이다. 그렇지 않다면 평소
뭘 감추거나 숨기려 하지 않는 진 지서장의 성격상 그렇
게 갑자기 김 총재에 대한 얘기들을 쏟아내 놓거나 흥분
하진 않았을 것이다. 그때까지 내가 진 지서장에게서 김대
중 총재의 이름을 들었던 기억이 없는 것도 그런 연유에
서이리라.

　참으로 격세지감을 느낀다. 나는 가끔 나이가 좀 듬직한 사람들을 만나면 물어보곤 했다. 그땐 지역감정이란 것이 거의 없었는데 오늘날 우리나라가 왜 이렇게 됐을까 하고.

　이런 질문을 받으면 사람들은 대개 두 갈래로 나뉜다. 하나는 박 정권이 만들었다는 것이고, 다른 하나는 김대중 씨가 만들었다는 것이다.

　어느 쪽이 옳은가?

　애초에 정치적인 옳고 그름에 대한 판단을 흐리게 하려는 의도로 조장된 게 지역감정이었다.

　내가 알기로 지역감정이란 걸 만들어서 유포시킨 건 분명 박정희 정권이었다. 그때 대중적 인지도나 내세울 만한 정치적 차별성을 별로 갖고 있지 못한 당시 박 후보의 참모 진영이 내건 공공연한 선거 운동 하나가 '경상도 사람은 경상도 출신을 밀어줘야 한다'는 것이었다.

　그 결과 이 선거는 오늘날과 같은 배타적이고 이기적인 지역감정을 형성시키는 계기가 되었다. 그때까지 자신이 태어나고 자란 지역에 대한 순수하고 소박한 감정은 있었을지언정 지금처럼 감정의 골이 팰대로 팬 지역감정은 없었다. 이 일은 공화당 당의장을 지낸 이효상 씨의 아이디어로 알려져 있다.

　결국 그해 선거는 근소한 표차로 박정희 후보가 이겼다. 그러나 사람들은 결과를 거의 믿지 않았다. 요즘도 선거만 끝나면 끊임없이 제기되는 문제지만, 선거 막바지에 기승을 부린 선거 부정이 경쟁 상대방은 물론 국민들조차 설득할 수 없게 만들었던 것이다. 막걸리 향응이나 고무신 돌리기 등은 둘째치고라도 선거 자체의 부정이 너무 공공연하게 이루어진 까닭이다.

어쩌면 마을 주민들을 모아놓고 막걸리통을 돌리며 큰절 한 번 올리는 일쯤은 우리나라 사람들의 정서상 애교로 봐줄 만했다. 그러나 어디어디에선 이장이 집집마다 고무신을 돌렸다더라, 어디선 돈봉투도 돈다더라며 내가 근무하는 지서에는 연일 항의가 빗발쳤다. 왜 그 사람들 안 잡아들이느냐고 지서에 찾아와 호통을 치는 어른들도 있었다.

요즘 같으면 경상도 지방에서, 그것도 마산에서 상상이나 할 수 있는 일이겠는가.

변명치고는 좀 옹졸하단 생각도 들지만, 사실 우리는 그때 정치적인 문제는 일반 범죄와는 다르다고 믿고 있었다. 이런 생각은 비단 그때뿐만 아니라 경찰 생활 내내 나를 지배해 온 생각이다. 경찰은 무조건 상부의 지시대로 철저히 복종해야 하는 군대와 같은 조직이며, 그래야 나라의 기강이 바로 선다, 가치 판단은 우리 몫이 아니다, 이런 식이었다. 이것은 그 당시 나뿐만 아니라 대부분의 공무원들이 가지고 있던 생각이었다.

이제 와서 생각해 보면 많이 후회스럽고 무언가 뒤틀려졌다는 느낌도 든다. 하지만 내가 할 수 있는 일도 없었고 그런 것에 그다지 크게 관심도 두지 않았던 시절이었다.

선거가 시작되었을 때 나도 투표관리를 감시하는 임무를 부여받고 한 마을에 파견이 되었다. 하지만 위와 같은 사정으로 내 눈은 뜨고도 감겨 있을 수밖에 없었다. 당시 집권당인 공화당 당원들이 투표장을 자유로 드나들면서 부정 투표하는 것이 뻔히 보였는데도 이를 제지하는 사람은 아무도 없었고 나 역시 마찬가지였다. 물론 제지할 수도 없는 상황이었다.

자연히 나는 김대중 후보의 많은 지지자들로부터 시달릴 수밖에 없었다. 하지만 내가 할 수 있는 일은 역시 묵묵히 자리를 지키는 것뿐이었다.

다른 데서도 아마 크게 다르진 않았을 것이다. 그러니 거기다 군의 부재자 몰표를 합치면 팔십만 표차는 그다지 신뢰할 만한 수치도 아닐 뿐더러, 사람들이 선뜻 박정희 후보의 당선을 수긍해 줄 수 없는 까닭도 여기에 있었을 것이다.

이미 다 아는 사실을 새삼스럽게 얘기하는 까닭은, 이것이 이후 박 전대통령에게 끊임없이 부담으로 작용하였다는 사실을, 나는 그로부터 몇 해 뒤 서울로 옮겨와서야 비로소 심각하게 체험할 수 있었기 때문이다.

김대중, 고난의 시작

　1973년에 일어난 김대중 납치사건은 정치인 김대중에 대한 박정희 전대통령의 심적 부담이 어느 정도였는지를 명확히 보여주는 예라 할 수 있다. 우리 정치사의 추악한 면을 그대로 드러낸 이 사건은 이후 우리 정치에 심각한 후유증을 남겼고, 지금도 그 질곡에서 완전히 벗어났다고는 할 수 없다.

　그래서 이 일이 비록 내 근무반경과 직접적인 연관은 없어도 지금까지 알려진 상황과 내가 근무하면서 보고 들은 얘기를 종합하여 간단히 되짚어보고자 한다.

　이미 무수히 소개되어 모르는 사람이 없는 사건이지만, 그토록 무모한 일을 저지를 만큼 박 전대통령이 느낀 위기감을 제대로 아는 것이 그 동안 일그러진 우리 정치의 모습을 바로 이해하는 길이 될 수도 있기 때문이다. 또한 그것이 김대중 총재를 편견없이 이해하는 지름길이라 믿는다.

김 총재에 대한 박 전대통령의 심적 부담은 사실상 대통령 선거 전부터 있어 왔다.

국회의원 시절 김 총재는 박 정권의 실정을 누구보다 매섭게 추궁하는 능력 있고 성실한 정치인이었다. 정곡을 찌르는 김 총재의 국회 발언은 항상 박 대통령의 심사를 흔들어놓기에 충분했다. 그 때문인지 박정희 대통령은 제7대 국회의원 선거 때 김대중 후보를 떨어뜨리기 위해 내각을 총동원하다시피 했지만 성공하지 못했던 건 잘 알려진 사실이다. 1971년 대통령 선거를 앞두고 눈엣가시 같은 김대중 의원이 대통령 후보가 되리라 생각하지 않았던 박 대통령은 김 의원이 후보로 선출되자 측근들을 질책했다는 말도 전해진다.

대통령 선거를 치르면서 김대중 후보는 그 자신의 탁월한 정치력을 바탕으로 박 정권에 실망한 수많은 국민들의 지지를 끌어내 지도자로서 대중의 인기를 한몸에 받아가고 있었던 데 반해, 박정희 대통령은 무력을 바탕으로 권력을 만들었고 유지해 왔기 때문에 처음부터 김 후보와 투표를 통한 대결에서는 자신감을 잃고 있었다. 그것은 곧 조직적인 부정 선거로 나타났고, 그 결과 김대중 후보는 패배하였다. 그러나 부정 선거를 자행했음에도 그 표차는 근소하였기에 박 정권이 김 총재에게 느꼈을 위기의식이 어떠했으리라는 건 짐작하고도 남는다.

대통령 선거에 이어 곧바로 시작된 제8대 국회의원 선거 도중 무안 근처 국도에서 일어난 트럭 암살 미수 사건은 박 정권의 그러한 절박한 위기의식이 어느 정도였는지 잘 나타낸 사건이었다. 이 사건은 수단과 방법을 가리지 않고 어떻게 해서든 목적을 이루겠다는 왜곡된 정치군인들의 참모습을 보여준 사건이었다.

그러나 이것은 시작에 불과했다.

대선에서 부정선거 시비를 낳으며 다시 대통령에 당선된 박정희 대통령은 일련의 과정을 통하여 김 총재에 대한 대중적 지지를 실감하자 어떤 절박한 위기감을 느꼈던 것 같다. 그 위기감은 결국 김 총재를 일본의 한 호텔에서 납치해 살해하려 했던 데서 절정에 이르렀다고 할 수 있다.

1972년, 김 총재는 고관절 치료를 위해 일본으로 건너갔다. 그러나 국내 정치 상황이 여의치 않은 가운데 박 전대통령이 계엄령까지 선포하자 그대로 일본에 눌러앉아 해외에서의 반정부 활동을 지원하게 되는데, 이런 가운데 1973년 8월, 당시 동경 그랜드팔레스 호텔에 투숙하고 있던 양일동 통일당 당수를 만나고 돌아가는 김 총재를 중앙정보부 요원들이 납치했던 것이다.

그들은 김 총재를 모터보트에 싣고 현해탄으로 달려나가, 온몸을 결박한 다음 무거운 추를 달아서 바다에 수장시키려고 했다. 깡패들의 세계에서나 있을 법한 이 추악한 범죄 행위는 의문을 품은 주변 사람들에 의해 미국 정부에 알려졌고, 사건을 접한 미 중앙정보국과 일본의 공조로 현해탄으로 날아온 헬기에 의해 저지되었다.

이렇게 김 총재에 대한 살해 기도가 실패로 돌아가고 그 실행 주체가 다름아닌 한국의 중앙정보부였다는 사실이 알려지게 되자 박 정권은 이를 합법화할 명분이 필요했을 것이다.

잘못된 정권에 저항하는 것은 국민의 의무이고, 그 의무의 가장 앞자리에 정치인이 서 있어야 함은 더 말할 필요도 없다. 그러나 김 총재의 이러한 의무 이행, 즉 '반정부활동'에 대해 박 정권은 대한민국을 부정하고 좌익과 손잡았다는 이른바 '반한 활동'으로 포장하여 발표하였다.

분단 상황에서 빨갱이 콤플렉스에 유달리 민감한 국민들에게 대통령 후보까지 지냈던 김 총재를 빨갱이로 전락시키는 순간이었다.

박 정권은 이것을 집요하고도 지속적으로 홍보하면서 김 총재를 탄압하였고, 정권 유지 수단으로 삼았다. 이때부터 김 총재는 군사정권이던 5,6공까지 계속해서 사상시비에 휘말리며 공산주의자로 매도당한 것이다.

소위 문민정부라는 김영삼 정권에서도 여전히 김대중 총재를 빨갱이로 색칠하고 싶어하는 사람들이 있는 걸 보면 그 유혹이 얼마나 뿌리 깊은지 알 수 있다.

어쨌든 이렇듯 박정희 전대통령의 견제에서부터 시작된 김 총재의 고난은 우리 정치의 불행한 역사와 그 궤를 같이하게 된다.

동교동 178-1

　마산에서의 애송이 순경 시절에 대통령 선거와 더욱 혼탁해진 총선 등을 겪고 난 이후 나는 경기도 김포경찰서로 발령을 받았다. 그리고 이어서 노량진경찰서를 거쳐 마포경찰서로 발령을 받은 것은 1976년 5월 15일이었다.

　마포서에서도 처음엔 일반 파출소 근무를 했다. 지금의 아현1파출소로 이름이 바뀐 동현파출소에서 한 6개월 정도 근무를 했는데, 하루는 본서에서 불렀다. 들어가 보니 나를 부른 것은 다른 부서에서 일하는 어떤 상사분이었고, 그분은 내게 정보과에서 일해 볼 생각이 없느냐고 물었다.

　그 동안 내가 파출소에서 경찰서로 보고하는 정보 보고 성적이 아주 우수했다는 것이다. 결국 이것이 계기가 되어 나의 보직은 정보과로 바뀌게 되었다. 지루하도록 긴 동교동과의 인연은 바로 이때부터 시작되었다.

　전대통령 후보 김대중에 대한 감시와 출입자 동향 그리고 정보 입수. 정보과 형사로서 내가 맡은 첫 임무였다.

　발령을 받자마자 나는 곧바로 동교동 현장 근무를 시작하였다. 첫 현장 근무지가 마지막 근무지가 될 줄은 그때는 꿈에도 생각지 못한 채.

　사실 그때까지 나는 김대중 총재에 대해 아는 게 별로 없었다. 71년 선거 때 대통령 후보로 선전하였다는 사실 외에는 언론에 오르내렸던 단편적인 애기들이 내가 김 총재에 대해 알고 있는 전부였다. 또한 정치인 김대중 총재를 특별히 지지하거나 반대하는 감정도 없었다. 다만 김 총재가 유세를 하러 마산에 내려왔을 때 매사에 거의 완벽할 정도로 신중하고 철두철미했던 상관 진 지서장이 김 총재의 연설을 듣고 단번에 반해 버렸던 일이 내게는 깊은 인상으로 남아 있을 뿐이었다.

　어쨌든 그런 내가 일약 정보과 형사로 발탁되어 박 정권이 그 당시 요주의 인물로 가장 중요시하는 김 총재의 동교동에 배치되었으니, 한편으로는 기대심리도 있었으나 또 한편으로는 은근히 걱정이 되기도 하였다.

　나는 김대중 총재의 자택에서 약 오십 미터쯤 떨어진, 당시 서울역에서 수색 철도기지창 간의 철길 옆 한 복덕방에서 위장 근무를 하게 되었다.

　본서에서 간단한 설명을 듣고 현장에 도착해 보니 두 사람이 더 있었다. 모두 건장한 체구의 사내들이었는데, 한 사람은 첫인상이 꽤나 부드러운 느낌이었고 다른 한 사람은 호탕해 보였다.

　얼굴이 넙적해서 그런지 아주 호탕해 보이는 그 사내가 먼저 김재근이라며 자신을 소개했다. 부드러운 인상의 사내는 김종태라고 했다.

나중에 알고 보니 김재근 씨는 이미 오래 전부터 거기서 근무를 하고 있던 사람이었지만 김종태란 사람은 나와 같이 발령을 받은 사람이었다. 두 사람 다 인상이 좋은데다가 나도 어디를 가면 늘 비슷한 소릴 듣기 때문에 일부러 그런 사람들을 골라서 배치하는 게 아닌가 하는 생각도 들었다.

이들은 모두 아직 현직에 있으므로 자세한 설명은 생략하겠다.

당시 그곳 철길 주변에는 철길을 따라 불법 건축물들이 길게 늘어서 있었는데, 우리가 위장 근무를 하게 된 복덕방도 그 중의 하나였다. 땅의 소유주는 물론 철도청이었다.

그때 철도청은 이미 철도부지에 들어선 모든 불법건축물들에 대해 건물을 자진 철거하고 빠른 시일 내에 다른 곳으로 이주할 것을 행정명령으로 공식 통보해 놓은 상태였다.

동네의 통장을 맡고 있는 복덕방 주인 이명식 씨는 제법 수완이 좋은 사람이었다. 그랬으니 보통 사람들은 듣기만 했도 가슴이 두근거리고 꺼림칙했을 정보부와 모종의 합의란 걸 하지 않았겠는가.

복덕방은 김 총재의 대문 앞에서 차도까지의 길뿐만 아니라 뒷골목으로 이어지는 길까지 한눈에 들어오는, 감시하기엔 최적의 장소였다. 더구나 우리의 신분을 위장하여 근무하기에도 아주 좋은 장소였다.

합의란, 그러한 우리의 근무 여건을 감안하여 이명식 씨에게 복덕방의 철거를 유보시켜 주는 대신 계속해서 우리와 함께 그 복덕방을 사용해야 된다는 약속이었다. 그리하여 정보부는 그러한 내용을 철도청 관계자에게 주지시켜 철거를 유보시키도록 했다. 그때는 무소불위의 중앙정보부가 나서면 안 되는 게 없던 시절이었다.

서울특별시 마포구 동교동 178-1~2. 대지 158.5평의 단층 와가(瓦家).

집은 오래되어 매우 허술한 편이었지만, 이것이 당시 우리가 감시를 맡았던 김 총재의 자택이었다. 김 총재와 가족들은 178-1에서 거주를 했다. 178-2는 더 낡아 비가 오면 부슬부슬 빗물이 샜다. 늘 비닐로 지붕을 덮기가 바빴는데, 일부는 차고로 썼으며 그래도 성한 한켠에 방을 내어 창천교회의 한 장로님 가족이 거주하고 있었다.

장남 김홍일 의원이 살고 있는 지금의 동교동 자택은 땅을 많이 돋워 지대가 그다지 낮다는 느낌이 들지 않는다. 하지만 그때만 해도 건물은 차도의 평면보다도 많이 낮았다.

당시 연대 앞 철길 다리 밑에 있던 창천교회는 이희호 여사가 다니고 있었고, 김 총재는 연희동에 있는 천주교회를 다니다가 집 근처인 서교동 천주교회로 옮겨 오늘에 이르기까지 그곳에서 미사를 보고 있다.

김 총재가 천주교 신자이고 이 여사가 개신교 신자라는 데 대해 말하기 좋아하는 사람들은 선거용이 아니냐고 비아냥거리기도 한다. 일부 언론에서도 그런 식으로 기사를 쓰기도 하였다. 하지만 김 총재와 이 여사를 감시해 온 나는 그런 말을 하는 사람들이나 언론의 태도가 썩 마음에 들지 않았다.

감시자의 입장이기는 해도, 아니 오히려 그렇기 때문에 가깝게 바라본 객관적인 사실은 그런 비아냥거림과는 상당한 거리가 있었던 것이다.

정보부 사람들이야 말할 나위도 없겠지만, 우리 경찰의 정보과에서도 나름대로 김 총재나 이 여사에 대해 많은 것을 파악하고 있었다. 어떤 면에선 비서진보다 더 정확하게 알고 있었다고 할 수도 있었다. 때문에 기자들의 그런 보도는 내가 알고 있는 사실과는 많이 달랐다.

김 총재 부부는 결혼하기 전부터 서로 다른 종교를 가지고 있었고, 두 분 다 매우 독실한 신자들이었다. 사실, 부부 사이에 종교가 다른 데서 오는 불편함 같은 게 있을 법도 했지만, 오히려 서로의 종교를 존중하는 눈치가 감시하는 사람의 눈에도 확연히 드러나 보였다. 그래서 그런 말을 듣거나 기사를 보면 쓴웃음부터 나왔다.

하여튼 김 총재와 이 여사가 성당과 교회를 갈 때면 우리 역시 미행·감시하며 따라갔음은 물론이다.

나와 김종태 씨가 합류하고부터 경찰의 동교동 감시는 보다 체계적으로 바뀌었다. 우선 우리 셋 사이의 역할 분담이 이루어졌다. 나와 김종태 씨가 24시간씩 교대근무를 하고 김재근 씨는 전체적인 걸 파악하면서 주로 외출시에 차량미행 같은 걸 맡도록 했다. 그렇다고 차량미행을 전적으로 김재근 씨 혼자서 맡았던 건 아니고, 우리도 상황이

닥치면 수시로 미행을 하였다. 그러다가 1980년 이후에는 내가 전체를 맡게 되었다.

나는 그곳에 도착한 뒤 얼마 안 있어 중앙정보부 요원들과 인사를 나누게 되었는데, 말이 좋아 인사지 실은 그들로부터 주의사항을 듣는 편이었다. 그들은 내가 맡은 일의 중요성에 대해서 우회해서 설명을 해주었다.

박정희 전대통령은 자다가도 김대중 총재의 이름만 들으면 깜짝깜짝 놀랄 정도라면서, 이쪽(동교동)에 얼마나 많은 눈이 집중되어 있는가는 근무를 하다 보면 차차 알게 될 것이니 최대한 신중하고 조심스럽게 사찰 활동을 해야 한다는 얘기였다. 말을 하다 보니 생각나는 또 하나 웃지 못할 일화가 있는데, 나중에 이 얘기를 들은 전두환 전대통령은,

"김대중이가 뭐가 무서워. 까짓 5분 꺼리도 안 되는 게 까불고 있어."

했다고 한다. 이것은 80년 당시 한 정보부 요원이 내게 말해 준 것으로, 전 전대통령이 정말 그런 말을 했는지 어땠는지 나로서는 확인할 길이 없고 그 요원도 지금은 어디서 무얼 하는지 알 수 없지만, 사실 여부를 떠나서 어쩌면 그런 언행이 같은 군 출신인 두 전대통령의 차이를 보여주는 게 아닌가 하는 생각이 들었다.

복덕방에선 별로 할 일이 없었다. 김 총재는 내가 근무를 시작한 뒤 얼마 안 된 1976년 3·1민주구국선언으로 투옥되었다. 그러므로 그때부터 1977년 3월까지 우리의 사찰 대상 제1순위는 이희호 여사가 되었다. 자연히 감시는 좀

누그러졌지만, 그렇다고 나아졌다고는 할 수 없었다. 상주 경력(경찰병력)이 멀찍이 떨어져 상황에 따라 붙고 떠나고 하는 정도였지, 우리와 정보부의 감시는 조금도 늦추어지지 않았다.

정보부에선 우리보다 더욱 밀착감시를 했다. 그들은 김총재의 자택 뒤편에, 지금은 일부가 헐린 채 다른 용도로 쓰이고 있는 가구공장의 이층에서 직접 자택 안을 쌍안경으로 감시하고 있었다. 보통 2인 1조로 감시를 했는데, 요원들은 수시로 바뀌었다. 우리가 붙박이였던 점을 생각한다면 그들이 얼마나 치밀했는가를 알 수 있다.

정보부와 우리는 각기 나름대로 집 안에 들고나는 사람들을 모두 체크하여 상부로 보고하는데, 하루에 줄잡아 오백여 명이나 되는 사람들을 빠뜨리지 않고 체크한다는 것은 결코 쉬운 일이 아니었다. 때문에 우리는 특별히 이렇다 할 일은 없으면서도 언제나 극도로 예민해져 있었고 또 그만큼 피곤했다. 우리가 빠뜨린 인사가 정보부 명단에 들어 있거나 정보부 명단에 빠진 인사가 우리 명단에 들어 있다면 곧 문책이 따랐음은 쉽게 상상할 수 있는 일일 것이다.

동교동의 사람들

당시 동교동 자택에는 연금 상태의 김 총재 내외분을 비롯하여 둘째아들 홍업 씨와 셋째아들 홍걸 씨가 살고 있었다. 그때 장남 홍일 씨 부부는 분가해 반포에서 살고 있었다. 일하는 사람으로는 집안 관리를 맡은 조기완 씨와 심부름하는 오채록 군이 있었고, 가정부로 한 쉰 살쯤 된 아주머니가 한 분 있었는데, 내가 근무를 시작한 뒤 얼마 안 있어 다른 사람으로 바뀌었다. 그 바뀐 분이 지금도 동교동을 지키는 이길례 아주머니이다.

그 외에 권노갑 씨를 비롯한 비서들이 출퇴근을 했다. 이들 중 내가 처음으로 마주친 사람은 김옥두 현 국민회의 의원이었다.

무슨 시국사건을 며칠 앞두고서였을 것이다. 오전에 복덕방으로 연락이 왔다. 연락이라면 뻔한 것이다. 역시, 외신기자 등 외국인사들을 제외하고 집 안으로 들어가는 일체의 사람들을 통제하라는.

바로 한 해 전에 서슬 퍼런 긴급조치법이 연이어 터져 나왔고, 그 무렵만 하더라도 형법에 국가모독죄란 것이 추가되어 인심이 흉흉하고 공기가 심상치 않았던 때여서 대부분의 국민들은 쉬쉬하며 입조심들을 하고 있었다. 그럴 때 동교동 앞 분위기가 어떠했으리란 것은 쉽게 상상할 수 있을 것이다.

우리는 심부름하는 아이 이외의 사람들, 심한 경우엔 비서진조차 출입을 통제하도록 지시를 받곤 했다. 통제할 뿐만 아니라 모든 집안의 인물들이 나들이할 때엔 그 행선지를 반드시 기록해 두었고 거의 대부분 미행을 하였다.

복덕방에서의 우리의 위장 근무는 물론 김 총재와 그 주변 사람들의 동향을 감시하기 위한 게 목적이었다. 그러나 중요한 건 우리가 김 총재를 감시하는 것이 외국인들의 눈에 띄어서는 안 되었다. 그러니까 쉽게 얘기하면 동교동의 누구한테 들키든 말든 그건 절대 중요하지 않고 — 동교동 사람들도 우리가 일거수일투족을 감시한다는 걸 잘 알고 있으니까 — 누구라도 외국인이 그 주변에 얼씬거렸다 하면 재빨리 몸을 숨기든가 지나가는 사람처럼 보이도록 해야 된다는 것이었다. 처음에는 그걸 잘못 알아들어 꽤나 당황했던 기억이 난다.

배치를 받은 지 이삼 일쯤 뒤였던가. 나는 그날도 지시받은 대로 경찰병력이 배치된 자택 주변을 서성이고 있었다. 그날따라 정보부 직원들이 왠지 전혀 얼굴을 보이지 않고 있었고, 김재근 씨는 앞서 외출하는 이희호 여사의 뒤를 밟아 나간 뒤였다.

우리가 출입문을 막은 지 십 분도 채 못 되어 안에서 건장한 젊은 사람 한 명이 나오더니, 대뜸 근처에서 서성거리고 있는 나를 향해 다가왔다.

"당신들 정말 이래도 되는 거요? 아무리 막가는 정권이라지만 이건 해도 너무 하잖소."

말을 하는 동안에 그의 뒤로 서너 명의 사람들이 더 나왔다.

"그렇게 자신이 없으면 국민 앞에서 순순히 물러서던가."

나는 사전지식으로 그들이 비서진이라는 건 알고 있었으나 아직 얼굴도 채 익히지 않았을 때였다.

내가 당황한 것은 그의 말에 답변이 궁해서만은 아니었다. 그는 대문을 나서자마자 머뭇거리지도 않고 곧장 내게로 왔던 것이다. 뿐만 아니라 그 반응도 내가 예상했던 것보다 훨씬 거칠었고, 거친 가운데도 말하는 상대를 압도하는 어떤 기운이 느껴졌다. 젊은이답지 않게 말이다.

"당신들을 고용한 건 박 정권이 아니라 국민들이요, 국민! 지금도 곳곳에서 피땀 흘리는 우리 국민! 서로 법 잘 지켜 좋은 세상 만들자고 월급 주는 경찰인데, 도대체 그 경찰이 무슨 법에 근거해서 남의 집 대문 앞을 막아버리는지, 어디 그 알량한 이유 좀 들어봅시다."

우리로서는 상상도 못할 언행이었다.

이것이 내가 현재의 국민회의 김옥두 의원과 처음 조우하게 된 사건이다. 그때 김 의원 뒤에 함께 나와 서 있던 사람들도 대개 지금은 정치 일선에서 중진 정치인으로 활동하며 널리 알려진 사람들이다. 그 중에는 권노갑 비서와 한화갑 비서도 있었다.

말이 나왔으니 그분들에 대한 내 기억을 좀더 보태 볼까 한다.

권노갑 비서는 주로 하얏트 호텔 등을 무대로 외국에서 오는 손님들을 접대하며 활동했는데, 우리가 보기에 권 비서는 뛰어난 친화력과 포용력을 가진 사람인 것 같았다. 그래서인지 활동 반경이 넓고 많은 사람들을 만나고 있었다. 만나는 사람들과 서로 정보를 교환하고, 그렇게 수집한 정보들을 김 총재에게 보고하는 역할을 하고 있던 것으로 파악하고 있었다.

그러나 권 비서는 그때 지금의 용산구 한남동 부근에서 보증금 600만 원의 사글셋방에서 부인과 함께 어렵게 살았던 것으로 알고 있다.

물론 다른 비서들의 처지 또한 대동소이했을 것이다. 김 총재가 가택 연금된 상황에서, 더구나 계엄치하였으니 오죽했겠는가. 요즘처럼 물자가 풍족한 시절도 아니고 말이다.

성격이 차분하고 매사에 조용한 선비 같은 한화갑 비서는 서울사대 출신으로 영어에 능통하다고 한다. 한 비서는 뛰어난 외국어 실력과 진지한 접근방식으로 외국기관과 외신기자들을 주로 상대하며 동교동 상황을 대외적으로 전파하는 역할을 맡는다고 했다.

듬직한 체구를 가진 김옥두 비서는 매사에 성실한 모습이었다. 동교동에 근무하다 김 총재의 주례로 결혼한 김 비서도 다른 비서들처럼 생활이 어려웠다. 부인 윤영자 씨는 생활고에 대한 김 비서의 짐을 덜어주기 위해 보험회사에 취직을 했는데, 나중에 우이동에 단독주택을 살 정도로 영업 능력이 뛰어나 화제가 되기도 했다. 김 비서를 담당했던 북부경찰서 직원들이 인간적으로 미안한 마음에서 한 구좌씩 보험에 들거나 아는 사람에게 소개해 주곤 했다는 얘기도 들려왔다.

김옥두 비서의 형님도 가끔 동교동에 모습을 보이곤 하였는데, 그 형님도 동교동에서 근무했다고 한다. 내가 동교동에 배치되기 훨씬 전의 일이라 자세히 알 수는 없지만, 김 비서가 동교동에서 근무하게 된 것은 형님의 추천 때문이었고 어려울 때마다 형님의 격려가 큰 힘이 되었다고 들었다.

이외에도 김형국 씨와 경호를 맡았던 함윤식 씨(『동교동 24시』의 저자)가 있었는데, 이들에 대해선 어찌 보면 할 말이 참 많을 것도 같고 또 어찌 생각하면 전혀 없을 것이란 생각도 들고, 지금 이 글을 쓰는 내 심정이 참으로 묘하다.

이 두 사람 모두 내가 알기로 처음엔 대단한 충성파였다. 그런데 둘 다 어느 날 갑자기 동교동에 등을 돌렸다.

나는 김형국 씨가 언제부터인지 보이지 않아 별 생각 없이 같이 근무하던 정보부 요원에게 물어보았다. 그랬더니 그가 하는 말이, 자신들이 얼마 전 어디 다른 곳에 취직을 시켜주어서 안 나온다는 것이었다.

그 말을 듣고 나는 속으로 아연실색했다. 우리는 허수아

비구나 하는 생각도 들고, 과연 그들은 우리도 모르게 보이지 않는 곳에서 맹렬히 움직이고 있구나, 역시 중정(중앙정보부)은 중정이구나 하는 경외감 같은 것도 있었다. 또한 같이 편하게 웃으며 근무하긴 하지만 그들에 대하여 다시 한 번 생각하는 계기가 되었음은 두말할 나위도 없다.

함윤식 씨가 달라지게 된 계기나 배경에 대해선 우리도 사실 궁금하였다. 함씨가 쓴 『동교동 24시』는 그 내용의 진위 여부를 둘러싸고 논란이 많았는데, 나로서는 그 내용이 불분명하였기 때문에 진실이다 아니다 말하기는 어려웠다. 다만 그 책에 대한 신뢰감이 떨어진 것만은 사실이었다.

그 책이 나왔을 때 중앙정보부의 사주를 받아 썼다는 이야기가 이곳저곳에서 떠돌았다. 그러나 정보부 요원들은 이에 대해 일체 함구를 했을 뿐만 아니라 어떠한 논평이나 관심도 표명하려 들지 않았다. 우리는 평소와 다른 정보부 요원들의 이러한 행위가 상당히 미심쩍었다.

책 내용에는 정보부 요원들이 이러저러한 말들이 있더라는 식으로 의도적으로 흘려놓았던 말들이 많이 담겨 있었다.

이러한 역정보를 대하는 정보부 요원들의 모습은 진짜 새로운 정보나 필요한 정보를 접했을 때의 진지한 태도와는 거리가 멀었던 점도 우리가 보기엔 미심쩍었던 부분이었다.

이러한 모든 것을 관찰하면서 나는 함씨의 『동교동 24시』에 신뢰감을 가질 수 없었지만, 동교동을 감시하는 형사의 입장에서 그런 말을 입 밖에 내기는 어려웠다.

　　그러나 동교동은 이 책을 통해 커다란 피해를 입었다. 똑같은 이야기라도 어떻게 이야기하느냐에 따라 전혀 달라질 수 있고, 대부분의 루머는 또한 사실 확인이 어렵기 때문에 말을 하거나 글을 발표할 때는 신중해야 한다. 그러지 못했을 때 입는 피해는 아마 당해 본 사람만이 알 수 있을 것이다.

　　부정적인 모습으로 집권 세력에 의해 수십 년간 왜곡당해 온 김 총재지만 그 당시 이 책으로 인해 김 총재를 비롯한 동교동 사람들이 받은 고통은 이루 말로 표현할 수 없었을 정도였던 것 같다. 특히 이희호 여사의 마음고생이 심했던 것으로 전해 들었다. 한 식구처럼 지내던 사람이 어느 날 갑자기 표변하여 교묘한 말로 자신들을 파렴치하고 부도덕한 사람으로 매도하고 있다는 생각이 들었을 테니, 평소 자상하고 세심한 분이 가졌을 인간적인 아픔이 어떠했으리라는 건 짐작하고도 남음이 있었다.

　　어쨌든 이 함씨는 대여섯 명이 달라붙어도 꿈쩍도 하지 않을 정도로 워낙 힘이 세서 상대하기 무척 힘들었다.

　　경호를 맡아보던 김정중 씨(현 국민회의 윤리위원회 부위원장)는 아주 독특한 행동들로 인해 우리 경찰들이나 정보부 사람들에게는 '악질'(?)로 통했는데, 악질치고는 참 재미있는 악질이었다. 김씨가 우리의 방어벽을 뚫고 들어오려고 하면 우리로서도 보통 난감한 게 아니었다.

　　앞에서도 얘기한 바 있지만, 동교동 김 총재의 자택은 도로의 평면보다 지대가 상당히 낮았다. 자연히 도로에서 자택 앞까지는 짧은 내리막길을 이루고 있었는데, 김씨는 꼭 도로의 꼭대기까지 올라가서는 마치 탄환처럼 한달음에 달려 내려오며 방어벽을 향해 몸을 던지곤 했던 것이다.

　김씨는 인천에 집이 있었기 때문에 그쪽 형사들이 동교동까지 미행하며 따라다녔다. 김씨를 따라온 형사들 얘기로는 '그렇게 어렵게 살면서 도대체 여기(동교동)는 왜 오는지 김씨를 도저히 이해할 수 없다'는 거였다. 부인 고생시키지 않고 좀더 편하게 살 수 있는 길도 있고, 주위의 유혹을 받아들일 만도 한데 그렇지 않다는 거였다.

　언젠가 우리가 복덕방에서 간단한 회식을 하고 있을 때, 김씨가 복덕방 안으로 불쑥 들어왔다. 누군가 술이 채워진 잔을 건넸고, 그 술잔을 받은 김씨는 곧바로 우리를 향해 술잔을 뿌려버리고는 음식상을 뒤엎어 버린 적이 있었다. 그리고는 '지금 당장 김 총재의 연금을 풀지 않으면 가만 두지 않겠다'면서 난리를 쳤다.

　이런 일이 일어나리라고는 감히 상상할 수 없었던 우리들은 갑자기 당한 일이라 모두 혼비백산하여 그 자리를 피했던 적이 있었다.

　그러나 김씨는 또 그런 뒤엔 언제 그랬냐 싶게 태연히 나타나 농을 하며 이것저것 말을 붙여오기도 했다. 물론 우리에게 두서없이 마구 말을 하도록 만든 다음 역으로 자신들에게 필요한 정보를 빼내 보겠다는 생각인 듯한데, 그런 일에 이골이 난 우리 또한 그 눈치를 모르지 않았다.

　그런 걸 생각하면 참 비위가 보통은 넘는 사람이었다. 일반인의 눈으로 보면 꽤나 재미있는 사람일 수 있겠으나 당시의 우리에게는 참으로 상대하기 곤란한 인물이었다.

중앙정보부의 호출

1976년 3월 '3·1민주구국선언' 사건으로 김 총재가 구속되고 난 이후에도 우리의 감시 업무는 조금도 줄어들지 않았다. 경찰병력은 외곽으로 철수했지만 학생들이나 시민단체의 시위 혹은 집회가 있을 때면 수시로 다시 불러들여 사람들이 김 총재 자택 안으로 들어가는 것을 차단했다. 비서진 외엔 누구도 용납되지 않았고 때로는 비서들의 출입도 막았다.

물론 안팎으로 반발도 만만치 않았지만 우리는 그저 상부의 지시대로 묵묵히 버티고 있을 뿐이었다.

중앙정보부는 정보기관의 특성상 티끌만한 실수나 허점도 결코 용납하는 법이 없었다. 정보부는 동교동 가족은 물론이고 비서들까지 한 사람 한 사람 철저하게 근접감시를 하고 있었다.

우리 경찰에서는 또 해당 비서가 거주하고 있는 관할의 정보과 형사를 한 명씩 차출하여 그들을 지원해 주었는데,

말이 좋아 지원이지 사실은 징발이었다.

정보부는 자기들이 필요하다고 생각하면 언제나 특별한 형식이나 절차에 구애받지 않고 우리를 징발해 썼다.

경찰은 허수아비였고, 궂은일에 아무렇게나 동원해도 되는 정보부의 잡역부였던 셈이다. 동교동에서의 모든 감시활동도 정보부에서 기획했고 진행했다.

우리는 단지 그들의 지시에 따르기만 하면 되었다. 그런 일은 순간순간 우리를 무력하게 만들었으며 이루 말할 수 없는 자괴감에 빠져들게 하였다. 나는 그때마다 나를 믿고 의지하며 살아가는 사랑스러운 아내와 아이들을 떠올리며 견뎠다.

그러다 보니 어떤 때는 피감시자인 동교동의 비서들까지 모두 알고 있는 일을 우리만 모르고 허둥대는 경우도 허다했다.

한 번은 위로부터 이희호 여사의 외출을 막으라는 지시와 함께 외출을 하지 못하도록 경고를 하라는 지시가 떨어졌다. 그래서 그 지시를 받고 자택을 방문한 일이 있다.

"며칠 후에 집회가 있는 걸 알고 있습니다. 그때 이희호 여사는 외출하실 수 없습니다."

그러나 사실 그런 말 자체가 이미 불필요한 상황이었다. 비서진은 이미 내가 올 것을 알고 있었던 것이다.

우리가 모르는 자택 봉쇄계획에 대해 비서진의 항의를 받았던 적도 한두 번이 아니다. 그럴 경우엔 서로 감정이 격앙되어 실랑이가 벌어지곤 했는데, 한참 동안 실랑이를 하다 보면 곧 그들의 항의가 사실로 밝혀지는 지시를 전화로 받게 되곤 하는 것이다. 그러면 비서진은 우리가 바로 그 자리에서 수분 뒤에 저지를 일까지 발뺌으로 일관한다고 더욱 분개하곤 했다.

요즘 의욕에 찬 젊은 경찰관들이라면 상상도 못할 일이다. 물론 용납도 하지 않을 것이다.

애기를 하다 보니 생각나는 사건이 하나 있다. 한 번은 이런 일이 있었다.

우리와 마찬가지로 동교동의 비서진도 서로 돌아가며 당직근무를 했다. 그날은 김형국 비서가 근무를 하던 날이었다.

늦은 저녁을 먹고 정보부의 김모 요원과 복덕방에 앉아 있는데 그가 갑자기 정색을 하며 이렇게 말했다.

"오늘 저녁에 무슨 일이 있을지 모르니 열심히 지켜봅시다."

나는 김모 요원의 긴장되어 가는 얼굴 근육을 보며 안으로는 저항감이 들었으나 늘 있어온 일이라 별 생각 없이 예, 하고만 받았다.

그런데 그의 말이 떨어지고 수분도 지나지 않아서, 도로에서 자택으로 내려오는 큰 골목이 외신기자 차량으로 빽빽하게 들어차기 시작했다. 곧 무슨 일이 있어날 것 같은 긴박한 분위기가 어두워지기 시작하는 골목 전체에 번져 나고 있었다.

그리고 한 삼십 분쯤 지났을까. 김형국 비서가 우리가 근무하고 있는 곳으로 다가왔다.

"대체 무슨 일이 있는 겁니까? 무언가 위에서 벌이고 있죠?"

　이를테면 내게 정보를 좀 달라는 것이다. 물론 나는 아무것도 모르고 있었다. 더욱 기가 찰 노릇은, 기실 내게 묻고는 있지만 김형국 비서는 눈치로 보아 이미 모든 내용을 파악하고 있으며 혹시 무슨 추가 정보가 없나 하고 살피러 나온 것 같았다.

　애써 외면하며 상대하려 하지 않는 김모 요원도 그런 낌새는 마찬가지였다. 나는 순간,

　'이런 데도 내가 정보과 형사라니……'

하는 생각이 들었다. 꼭 양쪽의 틈바구니에서 허수아비처럼 춤추고 있는 듯한 느낌이었다.

　그러나 그렇듯 기이한 상황은 미처 삼십 분도 못 넘기고 반전했다.

　정보부의 차는 그 지역에서 늘 보는 평범한(?) 승용차였다. 하지만 나는 멀리서도 그들의 차를 알아볼 수 있었다. 다른 아무런 표식이 없어도 말이다.

　이런 것도 육감이라고 해야 할 것이다. 하여튼 나는 그 차가 복덕방 앞에 도착할 때부터 무언가 잘못되어 가고 있다는 걸 느끼고 있었다. 무겁게 다가와서 가볍게 멎는 운전자의 능숙한 운전 솜씨도 여느 때와 다름이 없었고, 차에서 내리며 손을 살짝 들어 보이는 두 명의 또 다른 요원의 입가에 번지는 웃음도 늘 판에 넣고 찍어낸 듯 꼭 같았지만 순간 왠지 그런 느낌이 들었다.

　그들이 하나가 아니고 두 사람이어서 그랬을까.

　이미 두 사람이 근무를 하고 있었으므로 요원 두 사람

이 추가로 배치될 일은 없었다. 전화로 통보하기 곤란한 아주 중차대한 전달사항이 있다고 가정을 해보아도 역시 설명이 안 되기는 마찬가지였다.

여하튼 아니나다를까, 그들은 별다른 설명도 없이 나와 함께 그곳에서 근무를 하던 김모 요원을 차에 태우고는 곧장 오던 길을 되밟아 가는 것이었다.

그때로 보자면 정보부 요원과 정보과 형사의 차이는 하늘과 땅의 간극처럼 좁혀질 수 없는 것이 있었다. 그럼에도 역시 사람인지라 함께 근무를 한 정이 들어, 나는 김모 요원의 신분에 무언가 불길한 변화가 있을 것 같은 걱정에 손에 땀이 다 났다. 이미 그때는 나도 그들의 일하는 방식이나 생리를 너무도 잘 알고 있었으므로.

그러나 그렇다고 해도 내가 그를 위해 할 수 있는 건 아무것도 없었다. 그건 고사하고라도 대체 무슨 일이 일어나고 있는지조차 알아볼 능력도 없었던 것이다.

그런 생각은 시간이 흐를수록 나를 더욱 초조하게 만들었다. 나는 언제부턴지 복덕방 한켠에서 부글부글 끓고 있는 물주전자를 마냥 바라보고만 있었다. 언제 떨어질지 모르게 위태위태하게 얹혀져 있는 주전자의 뚜껑이 꼭 당시의 내 심정 같아 보여 일부러 아무런 행동도 하지 않은 채 주전자를 그 상태 그대로 방치하고 있었는지도 모른다.

그런 시간이 얼마쯤 흘렀을까. 별안간 따르르르릉, 전화벨이 신경질적으로 긴장된 내 혈관을 헤집고 퍼져나갔다.

나는 서둘러 수화기를 집어들었다.

"예."

"안녕하십니까."

젊은 남자의 침착한 목소리였다. 중앙정보부에서 걸려온 전화였다. 정보부 사람들이 우리에게 업무적으로 이야기할 땐 짐짓 목소리에 권위를 실어오기 때문에 나는 구태여 그 사람이 누구인지 말하지 않더라도 알 수 있었다.

"마포서에서 나오신 분이죠?"

"예."

"조금 있다가 우리 요원이 차를 가지고 그쪽으로 갈 겁니다. 다른 데 가지 말고 계시다가 차가 오면 잠깐 이쪽으로 들어오시죠."

"무슨……."

"별일은 아니고…… 들어오시면 알 겁니다."

"아, 예."

나는 그때부터 가슴이 쿵쿵 뛰기 시작했다. 무슨 일일까. 대체 내가 무슨 잘못을 저질렀을까.

"알겠습니다."

대답은 했지만 자꾸 불안해지는 마음은 어쩔 수가 없었다. 무엇 때문에 호출하는지 짐작이 가는 게 아무것도 없었기에 더욱 그랬다. 그러면서도 한구석에서는 뭐 할 테면 해봐라, 나는 너희들이 시키는 대로 허수아비처럼 열심히 근무한 죄밖에 없다, 하는 생각도 들었다.

차가 오기를 기다리는 시간이 무척이나 길게 느껴졌다.

김모 요원에 대한 걱정은 그땐 이미 내 머리에서 저만치 사라지고 없었다.

이윽고 까만 승용차 한 대가 다시 복덕방 앞에 와 멎었

을 때 나는 아주 말 잘 듣는 아이처럼 고분고분해져 있었
다.

승용차 안에는 임모 요원이 타고 있었는데, 그는 김모
요원보다 이전에 나와 같이 근무를 한 적이 있는 사람이
었다. 임모 요원을 보자 내 마음도 어느 정도 진정이 되었
다.

그렇지만 그것도 아주 잠깐이었을 뿐이다. 임모 요원도
차가 멎었을 때 손을 한 번 들어 보인 일 외에는 이내 침
묵해 버린 것이다. 대체 무슨 일인가 물어보려던 내 생각
도 그의 침묵에 부딪혀 포말처럼 사라져 버리고 말았다.

분명 예삿일은 아니었다. 그렇지 않다면 임모 요원의 평
소 성품으로 보아 '별일없을 것'이라든가 걱정 말라는 등
예의 의례적인 말로라도 나를 안심시키려 했을 것이다.

나는 임모 요원의 표정 끝에 묻어나오는 긴장을 놓치지
않고 읽었다. 그는 사무실에 도착할 때까지 한마디도 하지
않았다.

사무실에 도착할 즈음 나의 긴장은 더욱 고조되었는데,
거기에는 나와 함께 있다 불려간 김모 요원 외에 그와 근
무 짝인 또 다른 김모 요원도 와 있었다.

나는 그 요원들이 이미 반 구금상태임을, 그래도 정보과
형사 나름의 육감으로 한눈에 파악할 수 있었다. 그 모습
을 보자 그때까지 뭔지 모를 두려움에 한껏 긴장해 있던
내 두 다리는 드러내놓고 후들거리기 시작했다.

이윽고 안에서 사십대 초반쯤 돼보이는 요원 한 사람이
내게로 다가오더니 아주 정중하게 인사를 차렸다.

"이 형사님이죠? 자, 이쪽으로 오시죠."

나는 그 요원의 지나칠 정도로 정중한 태도에 조금은 긴장이 누그러지는 걸 느꼈다. 그는 나를 안쪽의 한 방으로 안내했다.

방안에는 아무도 없었다. 그 요원은 나를 그곳에 데려다 놓고는,

"여기서 잠시만 기다리시죠. 곧 국장님이 오실 겁니다." 하고는 밖으로 나갔다.

조금 있으니 아가씨 하나가 아무 말 없이 내 앞에 커피를 한 잔 가져다주곤 또 자리를 떴다.

나는 그들의 태도로 보아 내게 특별히 해로운 일은 없을 거라는 건 추측할 수 있었다. 하지만 알 수 없는 일이다. 혹시 밖의 저 두 요원과 관계되는 일이 아닐까, 하는 생각은 들었지만 그래도 썩 마음이 내키는 건 아니었다.

그러나 그 정도의 인식만으로도 내 신경은 제자리를 찾아가기에 충분했다.

나는 '이후야 어떻게 되든……', 하는 생각으로 느긋하게 커피맛을 즐겼다. 그러는 사이에 인상 좋고 여유 있어 보이는 중년 남자 한 사람이 안으로 들어왔다.

그의 느긋한 분위기는 나를 한결 편안하게 해주었다.

그는 국장의 명패가 붙은 책상으로 곧장 걸어가 앉더니 비로소 나를 향해 입을 뗐다.

"마포경찰서에 근무한다구요."

"예."

"고생이 많지요."

그는 윗주머니에서 천천히 담배를 하나 빼어 입에 물더니 나를 향해 피울 것인지를 물었다. 내가 괜찮다는 표정을 짓자 더 권하지 않고 담배에 불을 붙인 다음 나를 향해 지나가듯 물었다.

"오늘 우리 요원 중에 누구와 같이 근무하셨죠?"

"예, 김모 요원입니다."

"아, 그렇군요. 그 친구가 오늘 김대중 씨 집 안으로 몇 번 들어가던가요?"

나는 직감으로,

'아, 여기에 문제가 있구나!'

하는 생각이 들었다. 내가 김 요원을 도울 수 있는 일은 한 가지뿐이었다.

"한 번도 들어가는 걸 본 적이 없는데요."

"틀림없습니까?"

"틀림없습니다."

"그럼 다른 요원이 들어가는 걸 본 적은 있습니까?"

"아니요. 제 기억으론 아무도 안 들어갔습니다."

그러자 국장의 얼굴이 환하게 밝아졌다. 그도 내 입에서 그 대답을 듣기를 원했던 것 같았다.

"방금 하신 말씀을 확인해 주실 수 있지요?"

"물론입니다."

국장은 재차 다짐을 받듯이 내게 확인을 하더니,

"수고하셨습니다."

하고는 자리를 떴다.

국장이 나가고 나자 곧바로 나를 안내했던 정보부 요원

이 안으로 들어오더니 백지 한 장을 내게 건네주었다.

"방금 전에 국장님께 하신 얘기를 여기다 좀 써주실 수 있겠습니까."

그 정보부 요원의 표정도 한층 밝아져 있었다. 나는 그 요원이 하라는 대로 짤막하게 써주었다. 글쓰기를 마치자 그 요원이 글 아래에 서명을 하도록 하였다.

"수고하셨습니다. 이젠 돌아가셔도 좋습니다. 밖에 차가 기다리고 있을 겁니다."

밖에는 나를 그곳으로 실어왔던 임모 요원이 서 있었는데, 그의 표정도 전보다 밝아 보였다.

"탑시다."

그러나 여전히 그는 그 말 한마디를 끝으로 나를 복덕방 앞에 내려놓을 때까지 말을 아꼈다. 정보부 사람들에게는 매우 민감한 어떤 사건이 일어난 것만은 틀림없는 사실 같았다.

복덕방에는 나와 낮에만 함께 근무하는 김재근 형사가 동교동 김형국 비서와 함께 맥주를 마시며 나를 기다리고 있었다. 그들도 걱정을 하고 있었던 듯 내가 도착하자 아주 반갑게 나를 맞이했다.

그러면서 미처 숨도 돌리기 전에,

"정보부에 불려갔다면서요?"

하고 물었다.

나는 거기에서 있었던 일을 그들에게 소상히 말해 주었다. 내 얘기를 다 듣고 나자 그들은 모두, 역시 그랬구나 하는 표정이었다.

이번에는 내가 궁금해졌다.

"김 형사는 뭔가 알고 있는 것 같은데, 도대체 무슨 일이요?"

그러자 김 형사의 입이 열리기 전에 김형국 비서가 대신 설명을 해주었다.

"우리 선생님께서 이번에 진주교도소에서 서울대병원으로 이감이 되셨거든요. 마치 석방하는 것처럼 보이게 하고 사실은 박 정권이 이감을 한 것인데, 혹시 모르죠. 그러고 나서 선심쓰듯 한 건 터트리는 식으로 석방을 계획하고 있었는지도. 어쨌든 일본의 NHK 등 각 외신들이 일제히 김대중 선생이 내일 석방될 것이란 보도를 했단 말입니다. 그리고 그 뉴스의 출처로 모 기관의 김씨를 들었는데, 아마 그것 때문에 그랬을 겁니다."

정보 활동엔 항상 '기브 앤 테이크'란 원칙이 있다. 우리에게야 별 정보랄 것이 없어 특별히 그럴 일이 없었지만 정보부 요원들은 대개 그런 식으로 정보 한 가지씩을 흘리며 자신들에게 필요한 정보(이를테면 이희호 여사의 김대중 선생 석방 관련 시위 참가계획 등—이 여사는 그런 걸 전혀 감추려 들지 않았고, 오히려 그걸 미끼로 요원들에게서 정말 필요한 정보를 얻어내곤 했다)를 얻었다.

그러므로 그들은 수시로 집 안을 들락거렸고, 설사 김모 요원이 그러한 제보를 했다 해도 절대로 동교동에 호의가 있어서 그러지는 않았을 것임은 누구나 알 수 있는 일이었다.

뒤늦게 전해 들은 얘기지만, 어쨌든 이 보도를 접한 박 전대통령은 노발대발했다는 것이다. 그리고 당시 김재규 중앙정보부장을 불러들여 한바탕 심하게 화풀이를 했던 것으로 알려졌다.

이 여파로 말미암아 결국 나까지 정보부에 불려가게 된 것이다. 내가 처음 동교동 근무를 시작할 때 한 요원이, 박 전대통령이 모든 신경을 동교동에 쏟고 있으므로 아주 조심스럽게 근무를 해야 할 거라던 말이 실감나는 순간이었다. 만약에 내가 그때 순간적인 기지를 발휘하지 않았더라면 그 일은 많은 요원들의 구속사태로까지 몰고갔을 것임은 불문가지였다.

결국 그 일 때문인지는 모르지만 그 당시 박 전대통령은 김 총재를 석방하지 않았다. 오히려 그보다는, 서울로 올린다는 소리를 듣고 당시 김모 요원이 석방이구나 하고 지레짐작하지 않았나 싶다.

김모 요원의 그런 해프닝은 박 전대통령의 화만 한껏 돋구어 병원을 감옥보다도 한층 더 감옥답게 만들었고, 김 총재는 진주에서보다 더 철저하게 감금되고 통제되었다.

물론 그 제보 해프닝도 거기서 그냥 끝났던 게 아니었다. 정보부에서는 나를 불러다 조사한 데 그치지 않고, 부장 앞에 확실한 증인을 세우기 위해선지 김형국 비서의 진술까지 들어갔다.

그런데 일은 항상 묘한 데서 꼬이게 마련이다. 김 비서와 나의 진술은 사소한 데서 서로 정면으로 배치되었다. 그 일로 해서 우리는 결국 함께 불려가 대질신문까지 받게 되었다.

　나는 신문을 받으면서 대충 정보과 형사 특유의 눈치로 어떤 부분에서 우리의 말이 엇물렸는지를 추측할 수 있었다. 그래서 막 그 부분에 대해 김 비서의 입이 열리려는 순간 재빠르게 김 비서에게 눈짓을 보냈다. 그리고 김 비서의 말을 중간에서 가로챘다.

　"아니, 김 비서. 왜 그걸 기억 못해? 그때 밖에 나가 있었잖아?"

　그러자 김 비서도 눈치가 빠른 사람인지라,

　"아참, 그랬지. 내 정신 좀 봐."

하고 맞받았다.

　나는 조사관에게 심한 힐책성 눈짓을 받았지만 그것 때문에 문제는 일어나지 않았다.

　어쨌든 우리의 진술은 그렇게 해서 합치되었고, 그때서야 그 일은 일단락되었다.

방어운전 방어미행

앞서 말했듯 정보부 요원들의 근무 태도는 빈틈이 없었다. 나는 그들과 함께 오랫동안 근무를 해보았지만 감시 근무를 하는 동안 잠시라도 그들이 눈이나 마음을 다른 곳으로 돌리는 걸 본 적이 없다.

한번은 정보부의 고모 요원과 엄동설한에 밤을 새우며 함께 집 안을 감시할 때였다. 고모 요원은 쌍안경으로 집 안 구석구석까지 샅샅이 감시를 하는데, 나는 시간이 좀 지나자 추위로 온몸이 바들바들 떨려왔다. 더는 견디기 어려워 이불을 둘러쓰고 앉아 있다가 나도 모르게 그만 스르르 잠이 들어버렸다.

한참을 지나서 깨어보니 고모 요원은 그 추위에도 전혀 아랑곳하지 않고 한 자리에 그대로 서서 계속 감시를 하고 있었다.

나는 고모 요원의 근무 자세에 감탄이 절로 나왔다. 그러면서 한편으로는 씁쓸한 기분을 지우지 못했다.

　김대중 총재가 정부와 언론에서 떠들어대는 것처럼 빨갱이가 아니라는 것은 그토록 치밀한 감시 근무를 하던 정보부 요원들 스스로도 인정하던 부분이었다. 그들 나름대로 철저하게 뒤지고 조사하였지만 그 어디에서도 김대중 총재가 빨갱이라는 기록이나 흔적은 찾아내지 못했다고 털어놓았는데, 실제로 함께 근무했던 정보부 요원들 중 그 누구도 김대중 총재를 빨갱이라고 생각한 사람은 없었다.

　빨갱이가 아니더라도 빨갱이라고 그럴 듯하게 꾸며서 계속 되풀이 말하면 자기가 잘 알고 있는 가까운 사람이라도 빨갱이라 믿게 되는 것이 사람 심리이다. 외부와 고립되어 빨갛게 덧칠된 동교동을 바라보는 나 또한 처음에는 긴가민가 할 정도였다. 그러나 동교동을 오랫동안 관찰하면서 내린 판단과 정보부 요원들의 고백을 여러 차례 들으면서 내린 결론은, 김대중 총재는 빨갱이도 아니고, 결코 빨갱이가 될 수도 없다는 것이었다.

　그렇다면 막강한 권력이 온 세상에 빨간 색깔을 덧칠해 놓은 이유는 뻔했다. 거기에는 정치적인 목적이 개입되어 있다는 말밖에는 달리 말할 수 없는 것이다.

　사실 고모 요원이나 내가 서로 잘 알고 있듯 이 밤중에 우리가 여기에서 함께 있게 된 것은 순전히 박 정권의 김 총재에 대한 두려움 때문이 아니던가.

　외적의 침략에 대비한 근무도 아니고, 박 정권이 선전한 것처럼 진짜 빨갱이에 대한 감시도 아닌 한 정치인에 대한 감시를 목숨 걸 듯 이렇게까지 할 필요가 있겠는가.

그날 밤, 맹렬한 추위에도 꼼짝하지 않고 감시하는 고모 요원을 바라보는 내 마음이 이런저런 생각으로 심란하기만 하였다.

언젠가 동교동 측에서 볼 때는 꽤 악명이 높았던 한 정보부 요원이 내게 이렇게 털어놓은 적이 있었다.

"나도 김대중 씨에게 무슨 나쁜 감정이 있거나 미워서 그러는 것은 아니야. 어떤 땐 그 양반이 안됐다는 생각도 들고. 하지만 이것도 우리끼리는 경쟁이야. 윗분들에게 열심히 근무를 한다는 평가를 받아야 진급도 하고 그러는 것 아냐? 당신들도 그건 마찬가질 거고. 다만 우린 당신들보다 더 훈련이 되어 있으니까 경쟁이 더 심해질 수밖에 없는 거지?"

나는 특별히 어떤 돌발 변수가 발생하지 않는 한 동교동에 자극을 주지 않으면서 근무를 하려고 노력했다. 물론 그런 내 행동도 지금 와서 정당화될 수 있는 건 아니다.

그런 면에서 나는 지금 진심으로 참회하고 있다. 단지 뛰어난 능력을 가진 정치인이라는 이유만으로 납치 살해 미수와 구속 감금, 교통사고를 가장한 살해 미수, 그것도 모자라 사형 언도까지 받아야 했던 김 총재와 그 가족을 비롯한 주변 사람들에게, 그런 범죄행위를 실질적으로 집행하는 데 한 역할을 담당했던 종범의 입장에서 진심으로 사죄를 드리고 싶다.

이러한 생각은 사실 새삼스런 그런 것은 아니다. 위에서 당시 정보부의 한 요원 입을 통해 밝혔듯이, 그때 당시 우리들 대다수는 어떤 죄의식 비슷한 걸 가지고 있었다. 언제쯤이었는지는 밝힐 수 없지만, 내 상관이었던 서장 한 분은 그래서 개인적으로 남의 눈에 안 띄게 김 총재를 꼭 한 번 만나서 얘기할 수 있는 기회를 가졌으면 하는 생각 을 피력하기도 했다.

속된 말로 목구멍이 포도청이라 그 일을 하고는 있지만, 자연히 내 근무방식은 내 죄의식을 최소한도로 낮추는 쪽 으로 가닥이 잡혔다.

차량 미행을 나가도 나는 미행당하는 쪽에서 알든 모르 든 상관하지 않고 언제 어디서 어떤 방법으로 돌진해 올 지 모를—당시 나는 박 정권이 또 언제 무안 국도에서처 럼 교통사고를 가장해 김 총재를 해치려 할지 모른다는 생각을 갖고 있었다—난폭한 차량으로부터 김 총재를 보 호하려고 노력했다. 그것이 내 죄책감을 최소한으로 줄이 는 일이라고 믿었다. 그런데 이런 나의 행동을 김 총재의 수행비서였던 방극래 씨는 눈치채고 있었던 것 같다.

김 총재가 2108 승용차나 4461 승용차로 외출을 할 때면 흡사 전쟁이라도 난 듯이 요란했다. 경찰 미행차량 2대에 정보부 차까지 합세해서 서로 김 총재의 차를 놓칠세라 전속력으로 질주를 해대는 것이다. 그러다 보니 위험천만 할 때가 한두 번이 아니었다. 그렇게 가다 보면 김 총재의 차가 고의는 아니더라도 우발적인 사고를 당할 위험은 항 상 있었다.

나는 김 총재가 탄 승용차가 소로에서 대로로 진입할 때면 미리 우리 미행차량 중 한 대를 좌측에서 방패삼아 운전하도록 했고, 다른 한 대는 뒤따르면서 보호를 하도록 했다. 예를 들어 동교동 골목길에서 대로로 진입할 때는 김 총재의 경호팀이 동교동 로터리 쪽에서 신촌 쪽으로 질주하는 차량을 막고 있기 때문에 별문제가 없지만, 차가 공덕동 로터리에서 여의도 쪽으로 진입할 때면 아현동 쪽에서 질주하는 차량들에 의해 사고를 당할 위험에 항상 노출되어 있었다. 그럴 때 나는 아현동 및 만리동 쪽으로부터 내려오는 차량을 막아주는 역할을 하였던 것이다.

이런 내 미행 방식은 자연히 정보부 요원들의 비난의 대상이 되었다.

그들은 정말 프로였다는 생각이 든다. 어쨌든 그들은 공사를 철저히 구별했다. 사석에서 자신의 입을 통해 어떤 말이 흘러나왔건 간에, 일단 일에 들어가면 피도 눈물도 없었다.

그들은 내게 무엇 때문에 경호식 미행을 하느냐고 화를 내곤 했다. 그러면 나는,

"만약에 우리가 미행을 하는 동안 김대중 씨가 대형사고라도 당해 봐요. 우리가 그 책임을 모면할 수 있겠습니까?"

하고 설득하려 했다. 그러면 그들은,

"죽으면 그만이지. 그 XX 죽은 걸 왜 우리가 책임져! 당신 하는 일이나 잘해!"

하며 화를 냈다. 그럴 땐 나는 아예 그의 말을 무시하고 내 방식대로 밀어붙였다.

그래도 내가 내 방식대로 할 수 있었던 것은, 그들이 자기네들끼리 서로 상대방의 눈치를 보느라고 그럴 뿐 내심

으로는 내 행동이 옳다고 생각한다는 걸 알고 있었기 때문이다. 사실 대부분은 말로만 그럴 뿐 직접 내게 제재를 가하거나 하는 사람은 없었던 것이다. 평소에 나는 인간관계도 나쁘지 않은 편이라 그들로부터도 그런 대로 신뢰를 쌓고 있기도 했다.

하지만 그들의 입은 동교동에 관한 얘기만 나오면 늘 전장에 나가 있는 병사들처럼 거칠었다.

툭하면,

"그 빨갱이 XX 때문에 우리가 이 고생하는 걸 생각하면……."

뭐 이런 식이다.

자연히 그를 보호하려 한 죄로 멋적어진 내가 그 상황을 모면하기 위해 김 총재의 사상에 정말 문제가 있다고 생각하느냐고 물어보면 그들도 씩 웃으며,

"뭐 사실 그렇게 말한다면 꼭 그런 건 아니지만……."
하는 식으로 얼버무렸다.

그러면서도 정보부 요원들은 김 총재에 대한 적의를 숨기지 않고 드러냈다. 당시 김모 요원은 아주 노골적으로 김 총재에 대한 욕을 입에 달고 살았다.

그런 그도 김 총재가 빨갱이라는 사실만큼은 부정했는데, 한 번은 함께 밤 근무를 하다가 이렇게 말하는 걸 들은 적이 있다.

"언제까지나 이렇게 일선에서 벌벌 떨며 근무할 수는 없는 일이잖아. 그래서 그 X이 빨갱이라는 증거를 내가 한번 찾아보자고 생각했지. 그렇지만 모든 자료를 샅샅이

뒤져보아도 결론은 하나야. 참 엉성하게도 뒤집어씌웠구
나 하는.”

그가 내린 결론은 간단했다. 김대중 씨의 정치적 무게에
두려움을 갖고 있는 박 정권이 신문이나 여당 선전기구를
통해 김대중 씨를 매장시키기 위한 수단이라는 것이다.

그런 사실을 누구보다도 잘 알고 있는 그들이 왜 그렇
게 김 총재를 미워할까.

나는 동교동 근무에 어느 정도 이력이 붙을 즈음에야
그 이유를 깨닫게 되었다. 우리가 암암리에 우리들끼리 그
런 것처럼 그들도 그들 나름대로 서로서로 상대적인 감시
자가 되어 있는 것이다.

김 총재의 중요성만큼이나 그곳 근무자들에게는 다른
사람들보다 진급의 기회가 가깝게 있었다. 그것은 그들을
서로 견제하게 만들었다. 누구도 말하지 않고 의식하지 않
는 척하지만, 그 사실을 잊고 있는 사람은 하나도 없는 것
이다. 실제로 나처럼 어리숙한 사람을 제외하고는 우리 경
찰 쪽에서도 동교동을 거쳐간 사람들은 모두 영전이 되었
다.

이건 훨씬 뒤의 일인데, 김 총재가 민추협 사무실에서
시한부 농성을 마치고 귀가할 때로 기억된다. 김 총재는
평소의 습관대로 강변도로를 따라 집으로 돌아가고 있었
다.

그때 뒤따르던 우리 차에 상부에서 무전 연락이 왔다.
김 총재가 중간에서 차를 돌려 농성장으로 되돌아가 다시
농성을 시도할 거라는 정보가 있으니, 우리에게 먼저 나가

서 김 총재가 승차한 차량이 시청 쪽으로 진입하지 못하
도록 막으라는 거였다.

우리는 지시대로 시청 앞 광장에서 김 총재의 진입을
막았다. 김 총재는 처음엔 우리의 저지선을 뚫고 들어가려
고 시도를 했다. 그러자 많은 시민들이 그와 합세를 하였
고, 거기에 구경하는 사람들까지 겹쳐서 거리가 온통 인산
인해를 이루었다. 차들도 까맣게 밀려 오도가도 못하고 있
었다. 교통체증이 너무 심각해져 점점 통제할 수 없는 지
경에까지 이르게 되자 김 총재가,

"시민들의 일상생활에 이렇게까지 지장을 주면서 농성
장에 들어갈 이유가 없다. 다시 돌아가자."
는 취지로 측근들에게 지시하는 걸 들었다.

이 사실을 당시 현장에 나와 있던 어느 고위층 인사에
게 보고하였더니 그는,

"그러면 그렇지. 남산에서 아주 상황 처리를 잘 했군."
했다. 김 총재의 결단조차 그들의 공인 것이다.

모든 일을 구조적인 탓으로 돌릴 수는 없겠지만, 당시의
지도층 인사라는 사람들의 생각이 이랬으니 하층의 실무
집행부서인 정보부 요원들이나 우리 경찰이 공정해지리라
는 기대는 애초에 허망한 것이다.

물론 그들과 똑같이 우리도 이 나라 국민이다. 바로 '그
들과 똑같이'. 돌맹이를 피해 보자는 생각에서 이런 얘기
를 하는 건 아니다. 그러나 시간이 많이 지난 오늘, 아직
도 그 시절을 그리워하는 사람이 많고 어느 여론조사 기
관의 조사 내용을 보면 박정희 전대통령이 복제하고 싶은

인물의 1위를 차지하고 있다.

　너무 빨리 모든 걸 잊어버리는 우리 국민의 망각 혹은 집단 무의식 같은 것이 그런 걸 방조했다고 말한다면 지나친 것일까.

팽 요원이 팽을 당한 사연

무리가 많으면 해프닝도 많게 마련이다. 지금 내가 하려는 얘기도 바로 그런 해프닝 중의 하나이다.

권노갑 비서나 김옥두 비서 등을 제외한다면 대부분의 동교동 비서진은 동교동에서 가까운 거리에 살고 있었다. 꼭 그렇지는 않아도 집에서 버스를 타면 한달음에 달려올 수 있는 위치에 살고 있었다. 그래서 그 비서진을 담당하는 정보부 요원들은 비서진이 집에서 출발하는 것을 확인하고는 곧장 동교동으로 달려왔다. 우리 정보과 형사들도 미리 동교동에 와서 그들의 도착사항을 체크하곤 했다.

김옥두 비서를 담당한 정보부 요원은 팽모씨였는데, 팽 요원은 아주 원리원칙에 충실한 사람이었다. 그런 사람이 김 비서를 맡았으니 처음부터 사건은 예견되어 있었던 셈이다.

김옥두 비서는 비서들 중에서도 집이 가장 먼, 강남구 도곡동에 살고 있었다. 김 비서는 강직하고 임기응변이 뛰어난 사람이었다. 그래서 김 비서를 담당한 사람이면 누구나 조금은 골탕을 먹게 마련이었는데, 그런 김 비서를 두고 정보부 요원들은 '뱀대가리'라는 별명으로 부르며 적의를 드러내곤 하였다.

우리 정보과 형사들 역시 이런 사정을 잘 알고 있었기 때문에 되도록이면 김옥두 비서와는 접촉을 피하려고 하였다.

감시자와 피감시자가 버스를 탈 때, 보통 피감시자가 앞문으로 타면 감시자는 뒷문을 이용하게 마련이다.(당시는 버스의 앞뒷문을 모두 이용했으므로)

김옥두 비서의 경우 정보부 요원들의 말을 빌리면, 자기들이 뒤에서 김 비서가 있는 앞쪽으로 서서히 이동을 할라치면 김 비서는 역으로 앞쪽에서 자기들이 있는 뒤쪽으로 옮겨온다는 것이다. 그렇게 자신들을 안심시켜 놓고 한두 정류장을 간 다음, 혼잡 속에서 잠시 한눈을 파는 사이 잽싸게 내려 지하도 같은 데로 건너뛰든가 반대 방향의 택시를 잡아탄다고 했다. 또는 그런 척하면서 다시 한 바퀴 돌아 버스를 타고 달아나 버려, 마치 개구리가 뛰는 방향처럼 도저히 예측이 용납되지 않는 사람이라고 했다.

그런 재사(才士)가 하필 고지식한 팽 요원에게 맡겨졌으니 참으로 절묘한(?) 배치가 아니겠는가. 지켜보는 다른 정보부 요원들을 비롯하여 팽 요원의 성품을 전해 들은 우리까지도 늘 위태위태한 느낌이었다.

하지만 팽 요원도 성품이 그렇다는 얘기지 사실 뛰어난 정보부 요원 중의 한 사람이었다. 팽 요원 역시 김 비서에 대해서 익히 들어 알고 있었으므로 처음부터 단단히 준비를 한 모양이었다.

"이미 알려진 미행은 미행이라고 할 수도 없는 것, 자기가 아무리 날고 긴다고 해도 아예 곁에 바짝 붙어서 움직이면 놓칠 염려도 없지."

나도 그것이 현명한 판단이라고 생각했다.

하지만 그런 와중에도 팽 요원은 종종 김 비서를 놓치곤 하는 눈치였다. 그래도 아주 끈질긴 사람이라 이내 따라붙곤 해서 한동안 그럭저럭 잘 해나가고 있었다.

그때는 김 총재가 구속된 다음이었는데, 명동성당에서 동교동 가족들까지 참여하는 항의 집회가 열리기로 예정된 날이었다.

상부에서, 동교동에선 누구도 그 집회에 참여하지 못하도록 철저히 막으라는 지시가 내려왔다. 그리고 우리가 각자 자신들에게 맡겨진 상황대로 한층 감시를 조이고 있을 때였다.

새벽녘에 복덕방으로 전화가 걸려왔다. 팽 요원이었다.

"아, 이 형사! 어때요, 그쪽은? 별일없소?"

"예, 뭐 별일은 없습니다."

"응, 여기는 김옥두 집 앞이야. 우리도 별일없이 아주 잘 지키고 있지. 꼼짝도 못하게 말이야, 하하하."

그러고는 몇 마디 잡담을 더 하고 끊었다.

나는 팽 요원의 성격으로 보아,

'아마 밤을 꼬박 새우며 집 안을 감시했을 테니 지금쯤 무료할 때도 됐지.'

하고 생각했다.

그런데 정확하게 아침 아홉시 십분이 되었을 때이다. 김옥두 비서가 김 총재의 집 앞으로 걸어오고 있었다. 그런데 최소한, 당연히 뒤라도 따라와야 할 팽 요원이 보이지 않았다. 아마 또 외국인사들까지 참여하게 되어 요원들에게 잠수명령이 떨어졌나보다 생각했다.

그래서 나는 김옥두 비서에게 별로 주의하지 않았고, 곧 우리에게도 통제를 풀라는 지시가 떨어지겠거니 생각했다. 우리는 무슨 일이든 항상 닥쳐서야 알았고, 그것도 알려주어서라기보다 대개는 미루어 짐작하는 수준이었다.

아무리 인간적으로 친밀해졌다고 해도 정보부 요원들은 그런 얘기를 우리에게 해주지 않았다.

김 비서는 집 안으로 들어갔다가 얼마 후에 곧 나왔다. 그리고 다시 십 분쯤 지났을까. 전화벨이 울려 받아보니 팽 요원이었다.

"어디십니까?"

"어디긴, 김옥두 집 앞이지. 여전히 별일없소?"

"예. 그런데 조금 전에 김 비서가 다녀가는 것 같던데요."

그는 아마 내 이야기를 농담으로 듣는 것 같았다. 가끔 그런 식의 농담으로 우리는 무료한 시간을 떼우기도 하였으므로.

"참 이 양반, 뭔 농담을 그렇게 찐하게 하나. 내가 분명히 집 안에 있는 걸 확인하고 있는데 말야. 그것도 문 앞에서 아주 진을 치고 지키고 있는데 제깐 X이 홍길동이야, 가긴 어딜 가."

"나참, 농담이 아니라니까요."

"에이. 그런 소린 걷어치우라고. 이 형사 좀 답답한 모양
인데, 여기 와서 물 좀 먹구 가지. 여긴 아주 산 좋고 물
좋고 경치도 늘어지게 좋은 두메산골이야. 부럽겠지만 이
건 뭐 감시가 아니라 아주 신선놀음이라니까. 믿기지 않으
면 한번 와보라구."

그러고선 팽 요원은 내 말을 들으려고도 하지 않은 채
일방적으로 전화를 끊어버렸다.

그러나 지금처럼 휴대폰이 있는 시절도 아니고, 내가 팽
요원에게 사실을 전달해 줄 방법은 없었다. 이 고지식한
양반이 제대로 한방 먹는구나, 하고 있는데 아니나다를까,
불과 몇 분도 지나지 않아 다시 전화 벨이 울렸다.

이번에는 정보부 사무실이었다. 정보부 직원은 내게 다
짜고짜 김옥두가 거길 다녀갔느냐고 물었다. 한 삼십 분쯤
되었다고 말해 주었더니 알았다며 전화를 끊었다.

얼마 후에 요원 한 사람이 평소처럼 감시 활동을 하기
위해 복덕방으로 들어왔다. 나는 그 얘기를 그에게 해주었
다. 그러자 그 요원이 하는 말이, 그러잖아도 지금 사무실
이 그 일 때문에 발칵 뒤집혔다는 것이다. 김옥두 씨가 명
동성당 행사에 참석하는 것이 곧 확인되었고, 그 책임을
묻기 위해 팽 요원에게 사무실로 들어오라는 지시가 떨어
졌다고 했다.

나는 그 이후 팽 요원을 한 번도 본 적이 없다. 일반인
들의 입장에서나 우리 경찰 조직에서 보면 사실 별일은

아니라고 할 수 있는 거였다. 그만큼 실수를 용납하지 않는 정보부의 생리를 반영한다고 볼 수도 있겠지만, 다른 한편으로 동교동에 대한 박 정권의 의중을 다시 한 번 엿볼 수 있는 계기였다고도 할 수 있다.

정보부 직원들과 함께 근무하면서 보고 들은 웃지 못할 일들이 몇 가지 더 있는데, 그 중 한두 가지를 소개해 보기로 하겠다.

올림피아 호텔에서 김 총재가 주도하는 집회가 있을 때였으니까 1980년 이후 연금이 해제되고 난 다음의 일일 것이다. 이때뿐만 아니라 우리 경찰과 중앙정보부는 언제나 비록 숨어서일망정 김 총재에 대한 미행 감시를 푼 적이 없었다.

나와 정보부의 김모 요원은 집회장으로 향하는 김 총재의 뒤를 따라가고 있었다. 이때 앞서 가던 차가 갑자기 멎더니, 차 안에서 김 총재를 수행하고 있던 유준상 의원이 잔뜩 화가 난 얼굴로 차에서 내려 우리 차 쪽으로 다가왔다. 유 의원은 김모 요원을 향하여 대뜸 더 이상 미행을 하면 용서하지 않을 것이니 따라오지 말라고 호통을 쳤다.

그러나 그런 얘기가 나나 김모 요원에게 먹혀들어 갈 리 없었다. 우리는 유 의원의 말을 무시하고 다시 미행을 계속하였다. 이번엔 미행이 아니라 드러내 놓고 감시를 하게 된 것이다.

그러자 차가 다시 한 번 멎더니 유준상 의원이 또 우리에게 다가왔다. 우리는 어차피 공무원의 신분으로 불법적인 감시를 하고 있는 상황이므로 싫은 소리 몇 마디 정도는 감수할 각오가 되어 있었다. 그런데 우리에게로 다가온 유 의원이 다짜고짜 김모 요원의 따귀를 올려붙이는 것이 아닌가.

우리는 순간 당황했으나 그대로 당하는 수밖에 다른 도리가 없었다. 다른 때 같으면 어림도 없는 일이다. 하지만 야당에서 우리의 미행을 정치 문제화하면 당시의 상황에서 사태가 심상치 않게 번질 수밖에 없다는 것은 우리도 잘 알고 있었다.

유준상 의원의 엄포에 따라 우리는 그날 집회장 안에는 따라들어가지 못했다. 김모 요원도 또 얻어맞을까 봐 그랬는지 아예 안으로는 들어갈 엄두를 못 냈다. 결국 그날 집회 상황은 행사가 끝나고 난 뒤 집회장을 빠져나오는 참가자들에게 행사 내용을 수소문하여 보고하는 수밖에 달리 방법이 없었다.

그런가 하면, 한 번은 강력범죄의 심증이 가는 중요한 용의자를 심문 한 번 못 해보고 놓친 일도 있었다. 이 일은 김 총재가 귀국한 다음에 일어난 일로, 그때 우리는 외출하는 김 총재를 미행하여 힐튼 호텔까지 따라간 적이 있었다.

김 총재는 거기서 외국인 한 사람을 만나 인사를 나눈 다음 함께 객실로 들어갔다.

우리는 한 사람씩 객실과 프런트를 나누어서 지키기로 하고 헤어졌다. 나는 그때 프런트를 맡아서, 2층에서 객실과 프런트를 동시에 감시하고 있었다. 호텔 이용객의 한 사람처럼 자연스럽게 보여야 했으므로, 한곳에 가만히 있지 않고 가끔 서성거리기도 하고 신문도 읽으며 한동안을 보내고 있을 때였다.

처음에 여자가 흔히 007가방이라고 부르는 서류가방을 들고 들어왔을 때만 해도 별 느낌은 없었다. 그 여자는 프런트 한켠 의자에 가방을 내려놓고 삼십 분 정도 앉아 있더니 그냥 슬그머니 일어나 밖으로 나가버렸다. 물론 가방은 의자에 그대로 둔 채로.

나는 객실 쪽에 온 신경을 곤두세우고 있었기 때문에 그 모습을 보면서도 별로 이상하다는 생각은 품지 않았다. 그런데 그렇게 한 십 분 정도 지났을까.

이번엔 삼십대 중반쯤으로 보이는 사내 한 명이 들어오더니 곧장 가방이 놓여 있는 곳으로 갔다. 그 사내는 잠시 앉았다가 일어났는데, 일어나면서 여자가 놓고 간 가방을 태연하게 들고 가는 것이었다.

나는 사내가 거의 출입구 쪽에 다달았을 때야 퍼뜩 의아스러운 생각이 들어 후닥닥 뒤쫓았지만 이미 그는 흔적도 없이 사라지고 난 다음이었다. 마약 운반상들의 접선이 아니었을까 생각되지만 객실에 잔뜩 신경을 곤두세우다 놓쳐버린 것이다.

동교동의 안주인

　내가 처음 동교동 근무를 시작하게 되었을 때 윗사람으로부터 들었던 많은 애기들 중 생각나는 것은 김 총재가 말을 아주 잘하는 달변가라는 것이었다. 한마디로 말하면, 거짓말도 진짜처럼 교묘하게 포장해서 누구든 각별히 주의하지 않으면 김 총재와 이야기를 나누는 순간 자신도 모르는 사이에 설득을 당하고 만다는 것이었다.

　주의사항 아닌 주의사항이었는데, 사실 나는 김 총재가 그 정도로 말을 잘하는지 어쩐지는 직접 확인해 볼 기회를 얻지 못했다. 김 총재가 잠시 미국으로 건너가야 했던 5공화국 시절을 제외하고는 줄곧 동교동을 지키며 김 총재를 감시해 온 셈인데, 외출 제한이나 다른 통보사항이 있더라도 그건 대부분 비서들을 상대하면 되기 때문에 김 총재와 직접 애기를 나누거나 할 만한 기회는 거의 없었던 것이다.

　지금 와서 생각건데, 그런 애기를 유포하면서까지 김 총

재를 견제했던 것은, 부정한 권력이 결국 자신들의 잘못이
드러나는 것을 두려워했기 때문이 아닌가 하는 생각이 든
다.

 아무리 말을 잘하는 사기꾼이라도 사람을 영구히 속일
수는 없고, 가슴을 통해서 울려나오지 않는 소리는 상대방
의 가슴에도 진정한 울림으로 전달되지 않는다. 일시적으
로 사람을 현혹시킬 순 있을지 모르나 결국 언젠가는 그
정체를 드러내게 마련인 게 세상사가 아니던가.

 내가 동교동 근무를 하면서, 부정한 권력의 말단 하수인
으로서 김 총재의 비서진과 다투거나 동교동 방문객들의
핀잔을 받으면서 느낄 수 있었던 한 가지 분명한 사실은
바로 이 진실의 화살표가 어디에, 누구를 향하고 있는가
하는 점이었다.

 그런 깨달음에 가장 많은 영향을 준 이가 이희호 여사
였다. 감시자와 피감시자라는 입장의 차이가 진지한 대화
한 토막 나눌 기회조차 용납하지 않았지만, 이 여사의 일
거수일투족을 감시하면서 나는 나도 모르는 사이 절로 고
개가 숙여진 적이 한두 번이 아니었다.

 내가 이런 글을 썼다는 사실을 알면 아마 이 여사도 놀
랄 것이다. 그 오랜 세월 자택 앞을 가로막고 있었으면서
도 단 한 번 이런 내색을 해본 적이 없었으니 말이다.

 각설하고, 어떤 의미에서든 김 총재는 우리나라에서 가
장 오랜 세월 국민의 지대한 관심을 한 몸에 모아온 정치
지도자이다. 그런 김 총재의 부인이자 동교동의 안주인,
여성 운동가로 활발한 활동을 펼쳤던 이희호 여사의 첫인

상이 너무도 평범하다는 데서 우선 나는 놀랐다.

우리 주변에서 흔하게 볼 수 있는 이웃집 아낙이겨나 어머니 같은, 싼 찬거리를 사기 위해 영천시장이나 심지어 왕십리시장까지 찾아가는 모습이라든가, 자신의 머리를 직접 손질하고 재봉틀을 손수 돌려 옷을 고쳐 입는 모습에서 이전에 이 여사에 대해 들을 수 있었던 엘리트의 모습은 어디에도 없었다.

그래서 한동안 나는, 이 여사가 서울대를 거쳐 미국 유학까지 마쳤다는 얘기가 정말 사실일까 하는 의문을 품은 적도 있었다. 내 친구 하나도 이 얘기를 듣고, 한가하니까 그렇겠지 하며 심드렁하게 받았는데, 그러나 사정을 알고 나선 그도 믿기지 않는 눈치였다. 사실 그 시절 이 여사만큼 바쁘고 고단하게 산 사람도 별로 없었을 테니까.

김 총재는 1976년 '3·1민주구국선언'으로 6일에 연행되어 26일에 정식으로 구속되었다. 이희호 여사의 고행은 이때부터 이루 말할 수 없을 정도로 심했다.

이 여사는 거의 하루도 빠지지 않고 기독교회관이나 한빛교회 등으로 나가 다른 구속자 가족들과 함께 석방 기도회를 가졌으며, 항의 시위에 참가했다.

요즘도 민가협이나 구속자 가족들이 시위에 참여하는 모습을 한 번이라도 본 사람들은 이분들이 얼마나 열렬한 기세로 싸우는지 알 수 있을 것이다. 정의감에 불타는 젊은이들과는 또 다르게, 이분들은 옳은 일을 하던 자식이나 가장을 부정한 권력에 빼앗겼다고 생각하는 어머니와 아내들이었다.

하루종일 그렇게 다니다 보면 온몸이 파김치가 되리라는 건 정한 이치다. 그러나 그 와중에서도 나는 이희호 여사가 단 한 번도 지치거나 흐트러진 모습을 보이는 것을 본 적이 없다.

김 총재는 구속된 지 54일 만인 5월 1일에 가서야 가족과의 면회가 허락되었는데, 이 여사는 면회를 다녀올 때면 꼭 영천시장이나 신촌시장, 심지어는 주로 건어물이 싸다고 알려진 중부시장이나 왕십리시장까지 가서 찬거리를 준비해 가지고 돌아오곤 했다. 그때 며느리인 윤혜라(김홍일 의원 부인) 씨는 그 얼마 전(4월 20일) 큰 딸 지영이를 낳았다.

이 여사가 한 번은 다른 구속자 가족들과 함께 김 총재가 구속되어 있는 서울구치소 뒷산에 올라간 적이 있었다. 큰소리로 찬송가를 부르며 구속자들을 격려하려고 한 것이었다. 그러나 일행은 곧 인근 파출소로 끌려간 뒤 서대문경찰서로 인계되었고, 거기서 금지구역 내에 들어갔다는 이유로 늦게까지 조서를 받았다. 하루 종일 시달림을 받고서야 나올 수 있었는데, 그때도 이 여사는 평소와 조금도 다름없이 영천시장으로 향했으며, 거기서 싼 찬거리를 골라 사서는 집으로 돌아오는 것이었다.

외출해서 공식적인 일들이 끝나면 이 여사는 다른 구속자 가족들을 위로하러 가곤 했고, 그러지 않고 곧장 집으로 돌아오는 날은 방문객들을 접대하느라 바쁜 시간을 보냈다. 물론 통제가 없을 때 말이다. 당시 각 정보기관은 구속자 가족들의 움직임에 매우 민감하여 잠시도 눈길을 떼지 않았을 뿐 아니라, 툭하면 그분들의 앞을 막아서곤 하였다.

지금도 이희호 여사가 차 안에서 목도리를 짜던 모습이 눈에 선하다. 조금이라도 시간이 난다 싶으면 열심히 짜던 이른바 '승리의 목도리'는, V자 형태가 들어간 보라색 목도리로 구속자 석방을 위한 기금 마련을 위하여 구미 등 외국으로 보내질 것들이었다.

이 여사는 자신의 헌옷을 현대 감각에 맞게 손수 고쳐서 입는 패션 감각도 뛰어났지만, 생활 속에서 낭비는 찾아볼 수 없을 정도로 검소했다. 외출할 때의 머리 손질도 항상 손수했음은 물론이다.

또한 이 여사는 그때그때 시국에 따라 대내외적으로 발표할 성명서나 진정서 등을 작성했으며, 그러고도 남는 시간이 있으면 책을 펼쳐들었다.

당시 이 여사를 감시하던 정보부 요원과 나는 이 여사의 일과를 눈을 감고도 외울 수 있을 정도였다. 실제로 무료한 시간을 떼우기 위해 우리는 그런 장난도 많이 했다. 둘이 모두 눈을 감은 채 한 사람이,

"이희호 여사가 이제 겉옷을 입었다."

하고 시작하면 다른 사람이,

"음, 지금 현관으로 걸어나와서…… 신을 신는다."

"대문으로 다가서서, 대문을 열고…… 나온다."

하며 눈을 뜨면 어김없이 쌍안경을 댄 우리의 눈 아래 이 여사의 모습이 있었다. 그것은 이 여사가 외출에서 귀가할 때도 마찬가지였다.

"지금, 음, 신촌 로터리에 도착했다."
"동교동 쪽으로 쭈욱……."
"홍대 입구 커브를 돈다."
"계속 내려오고 있다. 내려오다가…… 지금이다!"
　두 사람이 소리치면 틀림없이 2108호는 자택으로 향한 골목 모퉁이에 모습을 나타내곤 했다. 물론 미행나갔던 차량 근무자가 무전으로 어디에서 몇 시에 출발했다고 연락을 해주기는 했지만, 다른 기관에 이러한 감시 상황이 노출되거나 정보가 유출되는 것을 우려하여 자주 하지는 않았다. 하지만 동교동 김 총재가에 방문객들이 운집하여 이희호 여사가 귀가할 무렵 집단 행동이 우려될 때는 상호 연락 체계를 유지했다.
　하지만 정작 당사자인 이 여사는 기도회에 참가하거나 항의 시위를 위해 나가더라도 전혀 우리의 미행에 신경을 쓰는 것 같지 않았다. 우리는 이 여사가 외부에서 만난 사람들이나 행적에서 조금이라도 놓치는 부분이 있으면 안 되었으므로, 어쩌다 불투명한 부분은 퇴근하는 운전기사를 가로막은 채 알아내곤 했다.
　그러던 중 한 번은 운전기사에게서 이런 말을 들었다.
　"정보부나 경찰은 운전을 너무 거칠게 해서, 사실 맘만 먹으면 내가 언제든지 미행을 떼어낼 수 있어요. 그런데도 그렇게 안 하는 것은 사모님이 말리기 때문이죠. 그분은 말씀하시길, 우리가 뭐 나라 팔아먹은 매국노들이냐, 지금 캄캄한 감옥 속에 갇혀 있는 민주주의를 구출해 내자는 것 아니냐, 일부러 숨어다닐 필요없다. 저 사람들도 안됐다. 우리를 놓치고 나면 문책을 당할 것 아니냐, 그냥 따라오라고 놔둬라, 하고 말이죠. 사실 나는 그보다 댁들이 운전하는 걸 보면 꼭 무슨 사고라도 칠 것 같아서 그래요. 미행 따돌릴 생각 없으니까 아주 내놓고 하시고 운전이나 좀 조심들 하란 말예요.”

정보부나 우리 쪽 모두 운전에는 연륜이 쌓인 사람들이었다. 서툴러서 그러는 건 아니었다. 정보부에선 일부러 그들을 압박하기 위한 수단으로 그렇게 따라다니면서 일상적으로 위협을 가했다고 들은 적이 있다.

이희호 여사가 그런 사실을 모르진 않았을 것이다. 그보단 우리 경찰관들이나 요원들 개개인의 입장을 먼저 생각했지 않았나 싶었다. 실제로 나도 그런 일을 여러 번 경험했다.

바로 명동성당에서 구속자 석방 기도회가 열리기 얼마 전이었다. 그때 사람들이 꽤 많이 모일 것이란 정보를 입수한 정부는 역시 동교동에서 비서진을 포함하여 아무도 그 집회에 참석하지 못하도록 하라는 지시를 내렸다. 나는 그 사실을 통보하려고 자택의 현관문을 두드렸다. 그런데 밖으로 나온 사람은 뜻밖에도 이 여사였다. 비서들 중 누군가가 나왔다면 그러지는 않았을 텐데, 스스로 생각해도 정말 명분이 없는 외출 금지령을 통보하려다 보니 자연 나도 멋적어져서 대충 웃으며 얼버무리려고 했다. 그러자 이 여사가 정색한 표정으로 나를 보더니,

“이 형사, 웃지 말아요. 이층에서 보고 있어요.”

하고는 안으로 들어가는 게 아닌가. 이 여사도 정보부 요

원들이 건너편 이층에서 쌍안경으로 감시를 하고 있다는 걸 알고 있었던 것이다.

권력의 부당한 명령을 전달하러 온 경찰관에게, 다른 사람처럼 항의를 하거나 따지기 전에 내 웃음이 혹시 정보부 사람들에게 나쁘게 찍혀 어떤 불이익을 당하지나 않을까 먼저 생각해 준 것이다.

비서진을 포함하여 대부분의 다른 사람들은 우리가 특별히 어떤 행동을 취하지 않아도 가능하면 우리와의 접촉을 피하려고 했다. 그리고 나는 그들이 내게 욕을 하거나 설사 침을 뱉어도 이해할 수 있다고 생각했다. 그런 나였기에 이 여사의 그런 태도는 정말 의외였다.

우리는 단지 살기 위해서, 내 아내와 내 자식과 내 가정을 지키기 위해서 김 총재와 김 총재 가족에게 못할 짓을 얼마나 많이 했던가. 실제로 김 총재와 김 총재 가족을 대할 때는 동료들 사이에서도 서로 얼마나 경쟁적으로 적대적이었던가.

나는 정말로 내 일이 싫어졌지만 결국은 정년퇴직을 맞을 때까지 이 일을 했으니 그저 부끄러울 뿐이다.

'3·1민주구국선언' 사건의 첫 공판일은 1976년 5월 4일로 잡혔으나, 방청객이 구속자 가족당 6명으로 제한되었다. 그러자 가족들과 피의자들 모두가 재판을 거부하였다. 가족들은 재판 당일 법정 주변에서 검정 테이프로 십자가를 만들어 입에 붙인 채 구호를 외치며 항의했다. 많은 사람들이 동조하여 참석했고, 소란이 심각해질 조짐을 보이자 법원은 재판을 열흘 후로 연기했다.

　그러나 이희호 여사와 다른 구속자들은 여전히 공개 재판을 요구하며 5월 14일 재판에도 방청을 거부한 것으로 알고 있다.

　이렇게 지리하게 가던 공판이 일곱번째 열리던 날, 안 되겠다 싶었던지 이희호 여사와 십여 명의 구속자 가족들이 정부종합청사 앞으로 가서 찬송가 등을 부르며 항의 시위를 했다. 이때 경찰은 이들을 소위 '닭장차'에 태워 '푸른동산'까지 실어다 내려놓았다.

　이 여사는 자신들을 싣고 간 담당 경찰관에게,

　"이 정부는 곧 무너지고 말 겁니다. 부녀자 십여 명도 두려워 쩔쩔매는 정부가 무엇을 할 수 있겠습니까."

하고 말했다고 한다. 이 여사는 일반 경찰이나 요원들을 대할 때는 오히려 관대했으나 정부에 대해서만큼은 추호도 물러나는 법이 없었다.

　결국 김 총재는 16차 공판까지 가는 지리한 재판 끝에 8년형을 선고받았는데, 최종 항소심에서 징역 5년에 자격정지 5년으로 확정되었다.

　마지막 공판이 열리는 날 우리는 동교동 김 총재 자택 근처에다 차를 세워둔 채 이희호 여사를 감시하고 있었다. 그런데 이 여사는 승용차를 이용하지 않은 채 어느 사이 대문을 열고 나와 집의 왼쪽편으로 난 골목으로 총총히 빠져나가는 것이었다.

　우리들은 깜짝 놀라 황급히 대로로 차를 몰고나갔다. 이 여사는 비서 한 사람과 막 택시를 잡으려 하고 있었다.

　우리는 택시 앞을 가로막은 채 법정에 나가면 안 된다

고 경고했다. 그러나 이 여사는 다른 때와는 다르게 아주 결연하고 완강하게 저항했다. 택시 손잡이를 잡은 채 무슨 일이 있어도 기어이 타고 말겠다는 자세였다.

물리력을 쓰지 않는 한 막을 수 없는 상황이었다. 그런 판단이 들자 우리는 앞을 터주고 말았다. 아무리 지시를 받았다고는 하나, 남편의 최종 판결이 있는 날 그 부인의 법정행을 그렇게까지 해서 막는다는 것은 우리로서도 차마 더 이상 할 수가 없었다.

대신 바로 차를 몰아 택시 뒤를 따랐는데, 이 여사는 법정으로 가지 않고 곧장 성공회로 가서 차를 세웠다. 그리고 그곳에 모인 다른 참석자들과 함께 기도회를 가지는 걸 보았다.

대법원에서 확정 판결이 나고 한 이십여 일쯤 지나서 김 총재는 진주교도소로 이감이 되었다. 그 소식을 들은 이희호 여사는 곧바로 둘째 홍업 씨와 이택돈 변호사를 동행, 진주로 내려가 거기서 이튿날까지 올라오지 않았다.

남을 감시한다는 일이 정말 사람으로선 할 일이 못 되지만, 또 늘 감시하던 주 대상인물이 시야에서 사라지자 우리는 별로 할 일이 없어 무료하기도 하고 슬그머니 궁금해지기 시작했다.

이때 비서 한 사람이 골목으로 돌아나가는 것이 보였다. 아마 심지다방으로 향하는 것 같았다. 우리는 곧 그의 뒤를 밟았다.

당시 심지다방은 자택 출입을 통제받는 일반 지지자나 후원자들을 만나기 위해 동교동에서 애용하는 일종의 외부 접견실이었다.

그 비서가 누구였는지는 지금 정확히 기억나지 않지만 하여튼 우리가 뒤를 따르는 것을 눈치챈 그 비서는 갑자기 홱 몸을 틀더니 맹렬하게 화를 냈다.

그 비서의 행동은 의외였다. 사실 그때쯤엔 모두 우리의 감시를 일상적인 것으로 당연히 받아들이고 있었던 때였으니까 말이다.

정보부에선 늘 그들을 핍박하기 위하여 고의적으로 자극도 하였으므로, 나와 동행했던 요원은 때는 이때다 싶었는지 마주 시비를 걸려고 했다. 나는 예의 나의 주특기인 너털웃음으로 가까스로 두 사람을 진정시킨 뒤 왜 그렇게 신경이 날카로워졌는지에 대해 물어보았다.

그제야 그 비서도 좀 지나쳤다는 생각이 들었는지 담배를 하나 빼어물었다.

"그래, 당신들은 그래도 좀 나은 편이지. 부산에서 파견된 놈들은 아주 충성 경쟁을 하느라고 사람을 잡는다누만."

나는 그 비서가 이희호 여사에 대한 얘기를 하고 있다고 짐작했다.

당국에서는 진주로 내려간 이희호 여사를 밀착 감시하기 위하여 부산 현지의 경찰관들을 동원한 모양이었다.

"잔악무도한 것도 분수가 있지. 아무 죄없는 어른을 감옥에 가둬놓고 그것도 모자라 사람을 아주 말려죽일 작정을 했나."

"이 친구 이거, 아직 뜨거운 맛을 덜 봤군."

그가 다시 동행한 요원을 바라보며 분통을 터트리자 요원도 말대꾸를 하였다. 나는 또다시 둘 사이를 떼어놓아야만 했다.

"허허허. 아, 그 사람들도 다 지시받고 하는 일인데 뭐 개인적인 감정이 있어서 그러겠어. 얼굴을 익히고 나면 나아질 거니까 그렇게 흥분하지 말라구."

"감시 얘길 하는 게 아냐. 선생님을 독방에다 가두고도 모자라서 좌우에 있는 방까지 모두 비워놨다잖아. 아주 정신적으로 말려죽이자는 수작이 아니구 뭐야. 한 나라의 야당 지도자를 그래도 정권을 갖고 있는 사람이 그렇게 할 수 있는 거야."

그는 이어서 김 총재를 진주로 보낸 것도 동교동에 경제적, 심리적 압박을 주기 위한 것이 아니겠느냐고 분통을 터트렸다.

나중에 다른 비서 한 사람이 내게 와서 상부에 시정해 줄 것을 건의해 달라는 요구를 받고서야, 나는 그것이 바로 이희호 여사의 의견이라는 걸 알았다.

이 여사는 정권의 그러한 공작정치에 넘어가지 않기 위해 더 열심히 남편의 뒷바라지를 하고 지속적으로 합리적 감방 운영을 촉구하는 대정부 건의문 등을 내가며 싸울 것이라고 했다고 한다. 실제로 그 이후 이 여사의 활약은 정말 우리도 혀를 내두를 정도였다.

교도소에서는 보안과장이란 사람이 특히 심하게 간섭을 하는 것 같았는데, 김 총재의 옥중 단식은 그로 인해 시작된 것으로 들었다. 이희호 여사의 만류에도 김 총재는 단식을 풀지 않았다. 이 여사는 김 총재의 옥중 단식을 철회시켜 보려고 문익환 목사의 부인인 박용길 여사와 함께 다시 진주로 내려갔지만 그때는 아예 면회조차 거절당했다고 한다.

그러한 일련의 사태에 항의를 하며 내게 상부에 건의해 줄 것을 촉구하던 그 비서도, 사실 비난은 했지만 그런 일이 박 전대통령의 직접 지시라고까지는 생각하지 않은 듯했다. 그보다는 아랫사람들의 과잉 충성경쟁에서 비롯되었다고 보는 것 같았다.

그러나 내 생각은 좀 달랐다. 물론 많은 사람들이 진급이나 그밖의 개인적인 목적으로 그런 일에 매달리는 것은 사실이다. 거기엔 그렇게 하면 분명히 어떤 식으로든 보상을 받게 될 것이고, 또 실제로 지나간 경험들이 그것을 현실로 증명하고 있다. 그러나 문제는 권력자들이 아랫사람들의 그런 심리를 오히려 교묘히 이용해 통치를 해나간다는 점이다.

어찌 됐든 나나 당시 정보부 요원들의 생각은 좀더 적극적이었다. 우리의 생각으론 적어도 김 총재에 대한 그런 결정은 박 전대통령이 직접 한다는 것이다. 동교동에서 이러한 정도의 문제 인식을 가지고 상황에 접근한 사람은 내 생각엔 아마 김 총재 부부 정도였지 않나 생각을 해본다.

이희호 여사는 이후 진주에서 일 주일을 보내고 일 주일은 서울에서 보내는 식의 생활을 계속했다. 그 와중에도 평소의 생활 습관이 거의 변하지 않았으니 그걸 체력이라고 말할 순 없겠고, 이 여사만의 놀라운 정신력이라고밖에 달리 표현할 수 없겠다. 이 여사는 그때 만성적인 디스크 환자였던 것이다.

그런 와중에 우리 안에도 사소한 사건이 하나 발생했다. 그것은 나와 맞교대를 하는 동료 형사로부터 비롯된 문제였는데, 이 얘기는 정보부 요원이 거꾸로 내게 이야기를 해주어서 알게 되었다.

이희호 여사가 진주로 갈 때는 대개 새벽 5시경에 출발을 한다. 그러면 출발 사항을 체크하기 위해 우리는 4시쯤에는 일어나야 한다. 그런데 내 동료는 전날 계속해서 여기저기 사람들을 만나러 다니는 이희호 여사의 뒤를 쫓느라 자신이 먼저 지쳐버렸다. 그렇게 누적된 피로로 새벽녘쯤엔 그만 곯아떨어져 잠들어버린 것이다.

그런 상황에서는 아예 잠을 자지 않고 버텼어야 했다. 누구나 피로에 지쳐 한번 잠에 떨어지면 좀처럼 일어나기가 힘든 법인데, 동료의 경우가 바로 그랬던 것이다.

새벽 5시경, 진주로 가기 위하여 이희호 여사가 대문 밖으로 나오는 것을 본 운전기사가 그를 계속 흔들어댔지만 그는 끝내 일어나지 못했다. 그리고 한낮이 될 때까지 내처 잠들어버렸다. 하필 전날 정보부 요원은 그에게, 내일은 다른 때보다 출발도 빠를 것 같고 하니 새벽 4시 30분경부터 잘 좀 지켜보라고까지 주문을 했었다.

그렇다고 그날 별다른 일이 있었던 것은 아니다. 누군가 관심을 갖거나 주의하는 사람만 없다면 그냥 넘어갈 수도 있는 일이었다.

그런데 감시도 오래 받다 보면 자신도 모르게 거기에 길들여지는 걸까.

그 일이 드러나게 된 건 동교동 자택의 비서들로 인해서였다. 이희호 여사가 차를 타고 출발한 다음까지도 전혀 경찰의 움직임이 없자 이상하게 여긴 그들 중 누군가가 다른 정보부 요원에게 까닭을 물어보았던 것이다. 왜 아무도 따라붙는 사람이 없냐고.

그 일로 내 동료는 상부로부터 심한 질책을 받았다고 한다.

이희호 여사에 대한 얘기를 하다 보니 또 한 가지 재미난 기억이 생각난다. 재미라기보다 이건 순전히 내 무지에서 비롯된 얘기이다.

하루는 정보부 요원이 우리 경찰에게 큰 인심이나 쓰듯 날짜가 한참이나 지난 편지를 참고자료로 활용하라고 주었다. 편지글은 도량이 넓은 느낌에 시원스럽게 내려쓴 것이 얼핏 보기에도 아주 힘차고 활달한 글씨체였다. 나는 직감적으로 김 총재의 글이라고 생각했다.

"김 선생의 글인가 보지?"

그러나 그 요원은 가만히 웃기만 했다. 그러고는 김 총재의 옥중서신에 대한 이희호 여사의 답신이라고 대답했다.

"정말 이희호 여사가 쓴 글이란 말이야?"

그 요원은 고개를 끄덕였다.

글은 그 사람의 마음을 담는다고 했는데, 역시 마음 씀씀이가 큼직큼직한 이 여사답다는 생각이 들었다. 그토록 오랜 기간 자신의 행동을 일일이 간섭하는데도 나는 이 여사가 한 번도 우리를 향해 화를 내는 모습을 본 적이 없다.

그런 일이 있고 난 얼마 뒤 나는 또 한 번 해프닝을 연출하였다. 이른바 김 총재의 옥중서신이란 걸 보게 되었는데, 편지 종이에 촘촘이 박혀 있는 글씨가 깨알같이 작았던 것이다. 편지를 보는 순간 지난번에 보았던 이 여사의 글과 너무 대비가 되어 내 뇌리에 퍼뜩 스치는 게 있었다.

'아니, 부인은 그렇게 대범한데 일국의 야당 지도자란 사람의 글이 이렇게 잘까.'

나는 그때까지 정보과 형사라는 직업으로 밥을 먹고 있으면서도 종이조차 제대로 주어지지 않는 감옥의 사정에 일반인보다 더 무지했던 것이다. 이것이 무지라는 사실조차도 훨씬 뒤에, 김 총재의 '행동하는 양심'이란 휘호를 보고 나서, 그 글체가 너무 웅장하여 도저히 김 총재의 글이란 느낌이 안 들었으므로 누군가에게 그 얘기를 하다가 들통이 난 것이다.

정보과 형사인 내가 이런 정도니 다른 사람들은 대체 어떨까. 내가 특별히 다른 사람에 비해 못난 탓도 있겠지만 비단 이것이 나만의 문제라고는 생각되지 않는다. 그래서 하는 얘긴데, 얼마 전에 재야인사들이 명동에서 일일감옥 체험인가 하는 걸 한 적이 있다고 들었다. 그런 게 정말 필요한 사람들은 따로 있지 않을까.

그때 김 총재는 몸이 상당히 좋지 않은 상태에서 병원 신세를 진 적이 있었다. 그렇지만 정보부는 요원 한 사람과 교도관을 아예 병실에 상주시켜 일체의 외부접촉을 차단하였고, 부부간의 대화조차 일일이 간섭하고 체크하였으며, 심지어는 언제나 핸드백까지 털어서 조사했다고 한다. 나중에 들은 얘기로 김 총재 부부는 할 수 없이 화장실에서 쓰는 휴지를 이용해 서로 의견을 교환했다는 것이다.

나와 함께 근무짝으로 일하면서 주로 외출시에 미행 업무를 맡았던 동료의 말에 의하면 병원 외부에선 또 우리 형사들이 철저히 막고 있었다고 하니, 이중삼중의 바리케이드를 치고 있었던 셈이다.

충분히 상상할 수 있는 일이었다. 하지만 병원은 우리와는 다른 체계였고, 또 병원을 지키는 정보부 요원들과 경찰이 따로 있었으므로 나는 그쪽의 사정은 잘 알지 못했다.

이희호 여사는 그때 자신도 심각할 정도의 환자였다. 만성으로 고생하는 디스크는 그렇다치더라도 무릎과 발이 퉁퉁 부어오르고 있었다. 쉴 새 없이 이어지는 석방운동 등 대외 접촉과 남편 옥바라지, 그리고 가사 활동의 강행군이 드디어 이 여사를 서서히 무너뜨리고 있었던 것이다.

나는 이 여사가 짬짬이 부어오른 손목을 마사지하는 것을 보았다. 손가락도 구부러지는 등 이미 이 여사 자신이 스스로의 병을 돌보지 않으면 안 될 만큼 쇠약해 있는 상태였다. 나는 그때 사찰 형사이기 전에 한 인간으로서 참으로 안됐다는 생각을 했다.

그런데 그런 몸으로도 이 여사는 하루도 빠지지 않고

시내 음식점을 돌며 환자 입에 맞는 음식을 구할 만큼 병원에 감금되어 있는 김 총재를 위해 온갖 힘든 병수발을 다하고 있었다.
  아무리 목석이라고 해도 날마다 그런 모습을 지켜보며 감시하는 우리는 실로 감탄하지 않을 수 없었다. 그것은 결국 우리들을 주눅 들게 하였고 숙연하게 만들었다.

창살 없는 감옥

박정희 정권이 두려워한 사람은 김 총재뿐만이 아니다. 박 정권은 외신기자들을 포함하여 외국의 인사들이 찾아오는 것을 무척 두려워했다. 외국에서 누구누구가 동교동을 방문할 예정이라든가 외신기자들이 출몰한다는 정보만 입수해도 우리는 꼬리를 내리고 잠복해 있어야 했다.

그 당시 외신기자들은 동교동의 출입통제 명령이 떨어져도 별 영향을 받지 않고 들어가 취재를 할 수 있었다. 하지만 국내기자들은 어림도 없었다. 사실 우리는 국내기자들을 별로 개의치 않았는데, 그래봐야 국내기자들은 그 사실을 보도할 수도 없을 뿐 아니라 또한 보도 자체는 불문하더라도 기어이 제재를 뚫고 취재를 하고야 말겠다는 소신 있는 기자도 별로 보지 못했다.

누군가 내게 당신이 그런 말할 자격이나 있느냐고 한다면 물론 할말은 없다. 그것이 기자들만의 책임은 아니라는 걸 너무도 잘 알고 있기 때문이다. 그러나 어쨌든 그런 풍토가 형성된 데는 기자들도 일단의 책임을 느껴야 할 것이다.

김 총재는 1977년 12월 19일 서울대병원으로 이송되었다. 그 사실은 우리도 한동안 모르고 있었다. 그러니 동교동 자택에서도 마찬가지였을 것이다.

정보부에서 그런 사실까지 우리 경찰에게 숨기고 있었기 때문이다. 나는 그 사실을 라디오 뉴스를 통해서야 알 수 있었다. 정보부는 그런 식으로 자신들의 철옹성을 지켜나갔던 것이다.

솔직히 말해 중앙정보부는 풍부한 활동비와 전문 인력을 지원받으면서 경찰과는 비교할 수 없는 막강한 권능을 가진 탓에 능동적인 활동을 할 수 있었다. 때문에 경찰 정보보다는 앞서가는 것이 사실이었다.

그러나 우리 경찰은 국민들 속에서 직접 접촉하고 조직이 광범하기 때문에 여론이나 정보 수집에서 중앙정보부를 앞지를 때도 있었다. 그래서 때로는 이렇듯 미묘한 임무 교차 과정에서 마찰도 없지 않았다. 때문에 정보부 요원들은 가급적 우리 경찰에게 자기들이 수집한 정보를 넘겨주지 않으려고 했고, 넘겨준다 해도 자기들의 임무 수행을 위해 꼭 필요하다고 판단되는 정보만 넘겨주었다.

김 총재가 서울대병원으로 옮겨진 것은 표면적으로는 고관절 악화 등 몸 상태가 극히 나빠졌기 때문이었다. 하지만 그런 이유만이라면 아마 박 정권은 눈 하나 까딱 안 했을 것이다. 이미 알려진 것처럼 나는 그것이 인권단체들을 비롯한 서방 각국의 끊임없는 압력을 피하기 위한 위

장술이라고 생각했다. 실제로 김 총재가 입원한 이후 서울
대병원은 모든 통제가 감옥보다도 더 엄격해졌던 것이다.

이 과정에도 뒷얘기가 좀 있는데, 당시 라디오에서 이
소식을 들은 나는 동교동측의 반응이 어떤지 알아보기 위
해 집 안으로 들어갔었다. 그때 동교동 사람들에게 들은
이야기이다.

당시 김 총재에 대한 교정 당국과 정보부의 처사가 너
무 가혹하다고 느낀 이희호 여사는 직접 법률 공부를 했
다고 한다. 그래서 김 총재의 건강 악화를 근거로 여러 번
'병상조회신청서'란 것을 제출했지만 그때마다 아무런 대
답을 들을 수 없었다는 것이다.

그러던 중 이희호 여사는 그해 겨울방학을 맞은 막내
홍걸 군에게 아버지의 얼굴을 보여주려고 그를 데리고 진
주로 내려갔다. 진주에 내려간 이 여사는, 당시 부산에 있
던 노경규 비서가 와서 알선해 준 월성여관이라는 곳에
거처를 정했다.

여관에 짐을 풀고 얼마 지나지 않아서 진주교도소 보안
과장이란 사람이 그곳으로 직접 찾아오더니, 소장이 한 번
보잔다고 말을 전하더라는 것이다.

이희호 여사는 무슨 중대한 변화가 있을 것 같은 예감
을 갖고 그를 따라가 보았다고 했다. 그랬더니 소장이 하
는 말이, '병상조회 의뢰신청서'란 걸 다시 한 번 제출하
고 병원 비용을 자비로 하겠다는 각서를 쓰라고 하더라는
것이다. 왜 그러느냐고 물으니까, 그렇게만 하면 병원으로
옮겨준다고 했단다.

이어서 그는 어느 병원으로 보낼 것이냐고 묻는 이희호 여사의 질문에는, 경남도립병원이 될지 서울대병원이 될지 확실하게 알 수 없다고 얼버무렸다는 것이다. 결과적으로 보면 그들은 그때 이미 서울대병원행을 결정해 놓은 상태에서 고의로 가족들을 기만한 것이다.

그러나 당국의 이러한 일처리 방식에 오랫동안 고통을 당해 온 이 여사는 십중팔구 서울로 오리라는 것을 짐작하고 날마다 초조하게 뉴스를 기다리고 있었다고 했다. 결국 이 일에서도 우리 경찰은 소외되었던 것이다.

하지만 그날부터 우리의 근무는 더욱 긴장감이 높아져 갔다. 당장 그날 오후 정보부 요원들은 우리에게, 오후 다섯시에서 여섯시 사이 이희호 여사가 외출할지 모르니 잘 지켜보라고 주문을 했다.

정보부 요원들의 정보는 거의 틀리는 법이 없었다. 그걸 증명이라도 하듯이, 다섯시 삼십분이 막 지나서 이희호 여사가 2108호 승용차를 타고 외출을 했다.

그런데 늘 우리 차 뒤에 숨어서 감시하던 정보부 차가 그날은 우리보다 먼저 따라나갔다. 사실은 우리 차 운전기사가 화장실을 가는 바람에 순서가 바뀐 것이다.

정보부 요원들은 그 일에 대해서 불평을 했지만, 이희호 여사가 말을 안 한다고 해서 그들의 미행을 모르리라고 생각했다면 그건 중대한 오산이었다. 이 여사는 단지 그런 사실을 용인했을 뿐이다. 실은 차 안에 거울까지 설치해 놓고 우리보다 더욱 면밀히 각 정보기관의 미행을 역감시하며 정부의 대응 수위를 읽어내고 있었던 것이다.

　　그렇게 차를 타고 이동하면서도 이 여사는 앞에서 말한 '승리의 목도리'를 짰다고 한다.

　　비서들에게 들은 얘기로는 면회도 처음엔 이희호 여사 한 사람에게만 허락이 되었다. 이 사실은 당시 차량 감시를 거의 대부분 전담했던 동료 형사를 통해서도 확인할 수 있었다.

　　그의 말에 의하면, 김 총재의 병실에는 교도소에서 파견한 교도관과 정보부 요원이 동향 감시를 하고 있었고, 밖에서는 또 우리 경찰들이 철저히 에워싸고 있었다고 한다.

　　이때의 교도관이 바로 잘 알려진 이세웅 씨다. 세웅 씨는 김 총재의 인격에 감탄하여 나중에 교도관직을 박차고 나와 김 총재의 경호원이 된 사람이다. 하지만 세웅 씨는 이후 김 총재의 신변경호를 총지휘하게 된 김 총재의 동생 김대현 씨와 성격적으로 불화를 보이는데, 그래서인지는 알 수 없지만 우리 경찰 정보요원에게 내부 사항을 알려준 잘못으로 인해 대현 씨에 의해 물러나게 된다.

　　내 생각엔 당시 세웅 씨가 비밀을 누설한다는 생각을 가지고 얘길 했던 것은 아닌 것 같다. 세웅 씨가 말한 비밀이란 것도 사실은 집들이 사정을 말한 정도였다. 자신도 오래 교도관 생활을 했고 하니 경찰이 편하고 해서 함께 이런저런 얘기를 나누다 그런 얘기까지 하게 되었을 것이다.

　　그렇다고 대현 씨(보통 삼촌으로 통한다)의 결정이 옹졸했다고도 말할 수 없다. 김 총재는 이미 여러 번 생사의 한복판에 던져지곤 했던 만큼, 그리고 추호의 실수도 용납되어서는 안 되는 경호업무의 특성상 대현 씨도 어쩔 수 없었을 것이다.

나는 그런 일과 상관없이 지금도 교도관직을 박차고 김 총재를 따라나선 세웅 씨가 꽤 용기있는 사람이라고 생각하고 있다.

하여튼 김 총재와 대화를 나누는 사람은 누구나 김 총재에게 설득당하고 만다는 상부의 훈시는 이런 식으로 증명이 되는가 본데, 역시 정보부 요원들은 정신무장도 출중해서 그와 함께 있어도 설득을 당하지 않나 보다.

그러나 뭐니뭐니해도 이 시기의 압권은 소위 세배죄 사건일 것이다. 서울로 이감온 김 총재를 면회하러 간 비서진이 면회가 안 된다고 하자 그럼 먼 발치에서나마 세배나 드리고 가게 해달라고 부탁을 했다. 그럼 잠시 기다려 보라고 하고 갔던 보안과장이 한 시간 뒤에 뜻밖에도 동대문서 형사들을 데리고 나타난 것이다.

이 일의 발단은 구치소 보안과장의 호승심에서 비롯되었다고 보여진다. 그러나 현장에 있던 교도관의 해명으로 끝나는 듯했던 사건은 위로 알려지면서 당사자들이 무안할 만큼 정치적으로 변질되어 버렸다. 급기야 비서들의 구속사태로 이어지는데, 거기엔 독재 권력에 고분고분하지 않은 괘씸죄가 적용되었음은 물론이다.

그뿐만 아니라 여기엔 또 하나의 중대한 음모가 도사리고 있었다. 정부가 아무리 통제해도 김 총재에 대한 국민들의 관심과 인권단체들을 필두로 한 선진 각국의 관심은 늘어만 갔으며, 그로 인해 박 정권이 느끼는 심적 부담도 만만치 않았을 것으로 보여진다.

상부에서는 그 까닭을 동교동 비서들의 활약 때문이라고 보았다. 그래서 어떤 식으로든 그들의 발을 묶어놓지 않고서는 김 총재를 고립시킬 수 없다고 생각한 것이다.

누군가 김 총재의 일대기를 쓴다면, 김 총재에 대한 용공음해와 더불어 가장 엉성한 코미디 중 하나로 남을 만한 일이었다.

당국은 목적을 아주 쉽게 달성한 듯이 보였다. 그때 이 사건으로 구속된 몇몇 비서들은 오히려 김 총재의 가석방 이후까지 옥살이를 하게 되었다. 그러나 이것이 이미 유신의 말기적 전조를 나타내고 있음을 뉘라서 알았으랴.

이 시기가 김 총재에게 극심한 시련의 시기였음엔 틀림없지만 그렇다고 최악의 시기는 아니었을 것이다. 그것은 김 총재의 둘째 손녀 정화가 바로 이 무렵에 태어났고, 김 총재는 폐쇄된 감옥병동에서나마 새 생명을 안아볼 수 있는 기쁨도 있었으니 말이다.

하지만 이희호 여사는 곧 '이감신청서'란 걸 당국에 제출했다. 말하자면 다시 감옥으로 보내달란 얘긴데, 나는 어이가 없어 복덕방으로 찾아온 한 비서에게 그 까닭을 물어보았다.

"아니, 아무리 처우가 안 좋다고 해도 진주로 가는 것보단 그래도 서울에 있는 게 나은 것 아냐? 이 여사의 건강도 안 좋은 상황인데 진주까지 또 왔다갔다하려면 그것도 보통 일은 아니잖아."

물론 나는 이 여사가 진주로 내려가면 근무가 한결 수

월하다. 김 총재가 없는 당시의 상황에서는 이 여사가 주 감시 대상이었으므로. 하지만 나는 그때 진정으로, 심각할 정도로 안 좋아진 이 여사의 건강 상태를 염려했다.

그는 내 말이 오히려 고까웠는지 흥하고 코방귀를 뀌고는,

"나아? 밖으로는 마치 인도적으로 병원 치료까지 해주는 것처럼 선전을 해대면서 병실에선 교도관에 정보부 직원까지 상주시켜 공갈을 쳐대지, 그것도 모자라 밖에선 또 경찰이 겹겹이 지키고 있지. 창문까지 꼭꼭 막아놓고 부부 간의 대화까지도 간섭하고 나서는 그런 병실에서 당신 같으면 병이 낫겠어? 자금줄이 될 것 같은 곳은 모두 조여놓고서 피구금자의 병원비마저 이쪽으로 떠넘기는 건 경제적 압박까지 가하겠다는 얘기 아냐. 이런 교활한 정권의 술수에 놀아나느니 차라리 나부터라도 떳떳하게 감옥으로 걸어 들어가겠다."

그런 말을 들으니 마치 그가 내 치부를 들추고 있는 듯한 느낌이 들었다. 나는 머쓱해져서 더는 아무 말도 못하고 말았다.

김 총재의 이감신청서는 끝내 받아들여지지 않았다. 오히려 보복이라도 하듯이 신축병사로 김 총재를 옮겨놓은 뒤에 경찰병력을 더욱 강화시켰다. 여전히 안에는 정보부 요원과 교도소 간수들이 상주하고 있었음은 물론이다.

급기야 김대중 총재는 감옥에 이어서 또다시 단식에 들어갔다.

이때 동교동 자택 앞에는 연일 재야인사들이 찾아와 시

위를 벌였다. 그것은 또 하나의 진풍경이었다. 재야인사들의 현수막엔 이렇게 씌어 있었다.

"김대중 선생을 감옥으로 보내달라!"

그리고 재야인사들도 단식에 들어갔다.

나는 처음엔 이들이 단식을 하고 있다는 사실은 까맣게 모르고 있었다. 정보부 요원들이 모든 일을 지휘했으므로 우리는 정보부 요원들이 얘기해 주지 않는 한 아무것도 알 수가 없었던 것이다.

그런데 정보부 요원들은 자신들이 필요한 경우가 아니면 좀처럼 아무런 얘기도 해주지 않는다. 그것이 무슨 보안유지 때문이라거나 그런 거라면 우리도 이해를 할 만하지만, 실은 단지 자신들의 권위를 과시하기 위한 수단이었을 뿐이다.

정보부 요원들은 그런 식으로 자기들과 우리 사이를 차별화해 내고 있었다. 우리에게도 그건 적절하게 효과를 발휘해서, 우리 스스로 늘 경찰은 바지저고리에 불과하다는 자괴감에 시달렸다.

내가 주변 정황을 나름대로 깨닫게 된 것도 순전히 오가는 사람들의 대화를 귀동냥해서였을 뿐이다. 대부분 그걸 근거로 거꾸로 그들에게 확인을 하여 정보화했는데, 그럴 때면 그들은 무슨 주어서는 안 될 대단한 정보라도 건네주는 것처럼 허세를 부렸다.

이런저런 이유에서 우리는 동교동에서보다 훨씬 많은 수의 재야인사들이 서울대병원에서 농성을 하고 있다는 사실도 한참 뒤에야 알았고, 결국 국내외의 여론에 밀린

정부가 김 총재의 가석방 결정을 내렸다는 사실도 마찬가지로 한참 뒤에야 알게 되었다.

　그런 것이야 어찌 되었든, 그렇게 하여 김 총재는 1978년 12월 27일, 구속된 지 3년 만에 집으로 돌아오게 된다.

　그날부터 동교동 자택 앞에는 연일 하루 오백여 명이 넘는 방문객들로 들끓었다. 우리는 다시 눈코 뜰새없이 바빠졌다. 방문객들의 숫자만 헤아린다 해도 보통 일이 아닌데 한 사람 한 사람의 명단을 모두 확보하고 있어야 했으니 오죽했겠는가.

　그런 점에선 정보부나 우리나 모두 마찬가지였다. 정부는 비록 외압에 의해 김 총재를 풀어주었다고는 하지만 그 긴장의 끈을 조금도 늦추지 않았다. 정보부와 우리의 근무는 더욱 강화되었고 따라서 방문객들에 대한 제재도 한층 엄격해질 수밖에 없었다.

　하지만 동교동을 방문하는 인사들은 모두 정부와의 싸움에서 자신들이 이겼다고 생각하는 눈치였다. 그들은 전보다 훨씬 당당했고, 그만큼 우리는 안팎으로 어려움을 겪었다.

　이것은 곧 정부와 재야의 대결 양상이 한층 첨예해졌다는 의미도 될 것이다. 서방의 인권단체들과 세계 여론의 지지를 등에 업고 재야가 한층 고무된 것 못지않게, 정부는 김 총재를 풀어주면서도 성명서를 배포했다는 혐의로 곧바로 부인 이희호 여사를 입건하는 기민성을 보여 조금도 물러서려고 하지 않았던 것이다.

　김 총재도 수시로 검찰의 출두명령이나 경고조치를 받

아야 했다. 가택 연금 상태도 구속 전 상태보다 한결 가혹
해졌다.
　불꽃은 시들어갈 때 가장 큰 빛을 낸다. 이걸 두고 사람
들은 이른바 유신정권의 마지막 발악이라고들 하였다.

십 분 자고 일어나기

야명주는 다른 보석들과 달리 스스로 빛을 낸다. 밝은 낮에 보면 다른 보석들과 차이가 없지만 밤이 되면 비로소 그 진가를 알게 되는 것이다.

당시 권력의 사주를 받은 언론과 정보부의 조작으로 많은 사람들, 특히 공무원들의 김 총재에 대한 거부감은 폭넓게 퍼져 있었다.

하지만 비록 당하는 사람들은 견딜 수 없는 폭력이었지만, 김 총재를 '치료 목적'으로 서울대병원에 감금한 사건은 많은 정보부 요원과 경찰관들의 눈을 올바로 뜨게 하는 계기가 되었다고 본다. 그 일을 통하여 그들이 변했든 안 변했든 그것은 그 사람 자신의 인격에 속할 문제이지만, 적어도 사실을 바로 보는 눈이 생겼다는 것은 의심할 여지가 없었다.

나는 이 시기에 김 총재를 감시했던 정보부 직원들로부터 여러 차례 그런 비슷한 애기를 들을 수 있었다. 평소 김 총재 말만 나오면 악의적으로 입에 거품을 물던 한 요원은 이 시기를 통하여 매우 온순해졌는데, 옛말에 큰 나무 덕은 못 볼지라도 큰 사람 덕은 본다고, 자신도 모르는 사이에 그 그늘에 있다 보니 영향을 받은 것이 틀림없었다.

그 요원은 이 시기 김 총재를 감시하면서 많은 것을 느꼈다고 했다. 첫번째가 그렇게 병세가 악화된 가운데도 손에서 책을 놓는 것을 본 적이 없다는 것이다.

또 하나는 정치를 하는 사람들은 일반적으로 큰 일을 하는 관계로 가족들에게 무관심하기가 보통이어서, 김 총재가 일상적으로 가족들에게 쏟는 관심과 애정을 처음엔 제스처 정도로 인식했다고 한다.

대개 우리나라 정치가들은 카메라 앞에 서면 자상한 가장의 이미지를 보이기 위해 포즈를 취하곤 하지만 그 관심조차도 정치적 제스처일 경우가 많다. 이것은 김 총재의 도미 후 잠시 다른 정치인들의 감시를 맡았던 내 경험으로도 느낄 수 있는 부분이었다.

그런데 김 총재의 가족에 대한 애정은 항상 변함이 없었고, 특히 그의 애정 표현은 남다른 데가 있더라면서 그 요원 나름대로 뭔가 느껴진 게 있었던가 보았다.

그러나 뭐니뭐니해도 그 요원이 가장 감동을 받은 것은 약속을 철저하게 지키는 그의 책임감이었다.

한 번은 그가 병실에서 김 총재를 감시하는 도중, 김 총재가 이제부터 자신이 십 분만 자고 싶은데 그 동안만이라도 깨우지 말아달라고 부탁을 하더라는 것이었다. 그래서 그는 약간의 심술기도 발동하여 좋다고 응답해 놓고는 시계를 보았다고 한다.

그러자 김 총재는 반듯한 자세로 잠에 빠져 코를 골기 시작했는데, 그가 생각하기엔 김 총재의 병세도 아주 안 좋을 때인 만큼 한 번 잠에 빠지면 말과는 달리 그렇게 쉽게 일어나지는 못할 것으로 생각했다고 한다. 그럴 때 자신이 정확히 십 분 뒤에 김 총재를 깨우게 되면 그만큼 병세가 나빠질 것이라고 믿었다는 것이다. 그것은 김 총재 자신이 한 약속이었으므로 다른 측근들도 그 사실을 가지고 문제삼을 수는 없을 것이고, 역으로 그의 상관들은 그렇게 되면 좋아했으면 좋아했지 나쁘게 생각하지는 않을 거라 여겼단다.

그런 생각으로 그 요원은 정확하게 십 분을 계산한 다음 김 총재를 깨우기 위해 고개를 쳐들었다. 그런데 김 총재는 언제 잤느냐 싶게 피로가 말끔히 가신 얼굴로 눈을 뜨고 있더라는 것이었다.

우리가 듣는 얘기로 별일 아니라고 생각할 수도 있지만 그때 그 요원은 무척 충격을 받은 것 같았다. 몸도 성치 않은 상태에서 누가 자신의 말을 그처럼 정확하게 지켜나 갈 수 있겠느냐며.

그 말을 했던 요원은 평소 동교동측으로부터도 악명 높 기로 유명한 사람이었다. 우리가 일반적으로 그와 얘기를 나눌 때에도 그는 진실 여부를 확인한다거나 하는 데에는 관심도 없이, 오로지 동교동 얘기만 나오면 무조건 부정적 으로 입에 침을 튀기던 사람이어서 그의 말에는 더욱더 신뢰가 깔렸다.

일반적으로 사람들은 무수한 약속과 그 이행 혹은 불이행의 관계 속에 산다. 일일이 열거할 수 없는 사소한 약속들의 홍수 속에서도 그 요원은 자기가 감시하는 동안은 김 총재가 자신의 입으로 한 약속을 한 번도 어기는 것을 본 적이 없었다고 했다.

서울의 봄

박 정권은 서울대병원에 이어 아예 김 총재의 동교동 자택까지 교도소로 만들어버렸다.

전경부대가 상주하면서 정문을 차단한 것도 이 무렵부터이다. 중요한 행사가 있을 때는 김 총재 자택 앞에 각 서에서 차출되어 온 형사들만도 백여 명이 넘게 늘어서 있었다.

하지만 요지부동인 것은 박 정권만이 아니었다. 국민들의 저항은 눈에 띄게 달라져갔으나 야당에서는 이상하리만치 조용했다. 이따금씩 동교동에 시위성 방문을 시도하는 그들의 모습에서도 나는 전혀 진지함을 읽을 수가 없었다. 함석헌 옹을 비롯한 재야인사들이 격렬하게 저항해오는 모습과는 아주 딴판이었다.

하긴 당시 야당이었던 신민당은 유신체제에 안주하면서 야당으로서 제 기능을 하지 못하고 있었고, 시민들이나 재야인사들은 그런 신민당에 냉소를 보내고 성토하던 시절이었으니 이상할 것은 없었다.

신민당 당권을 놓고 맞붙은 주류측 수장이었던 이철승 씨와 비주류측 수장이었던 김영삼 씨도 그건 마찬가지였다. 내가 보기에 두 사람 다 김대중 씨가 받고 있는 박해에 대처하려는 적극적인 자세는 아닌 것 같았다.

당시 이철승 씨는 유신체제에 참여하여 개혁을 하자는 중도통합론을, 김영삼 씨는 야당성을 회복해야 한다는 선명 야당의 기치를 각각 내걸고 경쟁하고 있었다.

김영삼 씨는 시대 흐름에 맞는 노선을 선택하기는 했지만 주류인 이철승 씨측에 비해 열세였다. 이러한 상황에서 김영삼 씨가 총재에 당선될 수 있는 유일한 길은, 김대중 씨의 지지를 얻는 일밖에는 없었다.

이 막중한 사명을 띠고 당시 김덕룡 현 의원 등 김영삼 씨의 비서들이 동교동을 자주 찾아왔다.

신민당 총재 경선 이틀 전, 김대중 씨는 이철승 씨의 중도통합론을 친유신파·반민주파로 규정하고, 반유신파·친민주파를 한데 모아 강력한 야당을 건설해야 된다는 음식점 아서원에서의 명연설을 통해 김영삼 씨를 공개 지지하였다. 그 결과 김영삼 씨는 총재로 선출되었다.

신민당 총재 경선이 끝난 이후에도 김대중 총재는 철저한 인의 장막 속에 갇혀서 탈출구를 찾지 못하고 있었다. 김대중 총재에 관한 기사는 여전히 보도되지 않았지만 어쩌다 동정이 보도된다 하더라도 그것은 '재야인사', '원외의 모인사', '동교동'이라는 익명으로 처리되고 있었다. 그러나 어떻게 아는지 학생들은 세세한 부분까지 모두 알고 있었다. 그리하여 학생들은 연일 시위의 단골 구호로 김 총재의 감금 사실을 들추어내고 있었다.

시위는 전국적으로 확산되어 갔고, 결국 부마항쟁의 절정기를 지나면서 박 전대통령은 그 자신의 충실한 부하였던 중앙정보부장 김재규 씨에 의해 살해되고 말았다.

이것은 또 다른 역사의 시작인 듯싶었다. 그러나 김 총재의 감금을 해제하라는 지시는 어찌된 일인지 이후에도 내려오지 않았다. 하늘은 아직도 김 총재의 편에 있지 않았던 것이다.

김 총재의 연금 해제가 이루어진 것은 그로부터 40여 일이나 지나서였다. 그리고 12·12군사반란과 계엄선포가 이루어졌지만, 그와 무관하게 우리는 김 총재가 서울의 봄을 한껏 구가하며 활발하게 정치활동을 시작했다고 믿었다.

나는 이때 잠시 본서로 들어와 근무하고 있었다. 그런데 어느 날 우연히 동교동 비서 한 사람을 만났더니, 그 비서가 대뜸 따지며 내게 물었다.

"당신들, 아직도 김대중 선생에 대한 감시를 풀지 않는 이유가 뭐요?"

사실 그건 나도 전혀 모르는 일이었다.

나는 내 스스로도, '만약에 아직도 그런 일이 있다면 이건 뭐가 잘못되어도 크게 잘못된 것이다.' 하고 생각했다. 그러나 그 비서가 내게 거짓말을 할 이유는 전혀 없었다. 그래서 기왕 나온 길인데다 근처를 지나고 있었으므로 한번 주위를 살펴보았다. 과거에 비해 약간 은밀해지긴 했지만, 나는 그 비서의 말이 모두 사실임을 알 수 있었다.

오히려 감시의 강도나 경찰병력의 동원 등은 전보다 더욱 조직적으로 보였다.

'소 잃고 외양간을 고치나. 우리 경찰업무가 이렇게 구태의연하니 능률이 없지. 꼭 지시가 있어야 움직여서 사서 오해를 받는단 말이야. 맺고 끊는 게 정확해야 하는데.'

이것이 당시 내 생각이었다. 근무자에게 다가가 물어보았더니 그 역시 영문도 모른 채 근무를 하고 있었다.

하지만 경찰 조직의 생리상 위에서 하는 일을 밑에서 지적해 고쳐내기란 거의 불가능하다. 말을 한다고 달라질 것도 아니었으므로 나는, '한동안 자원낭비를 하다 보면 또 어이쿠 하는 사람이 생기겠지' 하는 정도로 흘려버렸다.

그로부터 한참이 지난 뒤, 나는 다시 동교동을 방문할 일이 생겨 찾아갔다가 그들이 여전히 그 자리를 지키고 있는 걸 발견했다.

"아니, 무슨 일이야. 왜 아직도 여기들 있어?"

"우린들 압니까? 시키니까 할 뿐이지."

거기 있던 동료가 따분한 듯 말을 받았다.

게다가 안에서 만난 동교동의 비서들은 내게,

"그 정도로 얼렁뚱땅 넘어갈려고 하지 마쇼. 도대체 무엇 때문에 아직도 선생님을 따라다니면서 미행, 감시를 하는 거요?"

하고 화를 내었다. 나는 물론 거기까지는 모르고 있었지만 전후 사정으로 미루어 보아 동교동 비서들의 말이 모두 사실이라는 것을 알 수 있었다. 하지만 그런 상황에서는 철저하게 부인하는 수밖에 다른 도리가 없었다.

"그래도 이 형사는 거짓말만은 안 하는 사람인 줄 알았는데, 이젠 이 형사도 믿을 사람이 못 되는군."
했다.

그들은 내가 모든 걸 알면서 시치미를 뗀다고 생각하고 있는 것이다. 말을 해보아야 경찰의 무능을 증명할 뿐이라 생각한 나는,

"난 사실 지금 다른 일을 맡고 있어서 정말 모르는 일이오. 그런데 이건 내가 정말 궁금해서 하는 말인데, 그런 일이 사실이라면 왜 아직도 그런다고 생각하십니까?"
하는 취지로 물어보았다.

그러자 누군가 조심스럽게,

"아직 군부는 계엄도 해제를 않고 있거든. 알 수 없지, 무슨 정변을 예고하고 있는 건지도……."
하며 말끝을 흐렸다.

이 예측은 5·17과 광주항쟁이라는 현실로 나타났다.

1980년의 광주 문제를 얘기할 때 쿠데타 세력들은 동교동에서 배후 조종하고 선동했다고 선전하였지만, 이것은 전혀 설득력이 없는 것이다. 동교동에선 이미 신군부의 서툰 아마추어리즘에서 심상치 않은 모든 기류를 감지하고 있었는데, 누구 좋으라고 앉아서 밥상을 차려주었겠는가.

그러나 역사는 때로 잠시이긴 하지만 진실을 외면하기도 한다. 광주를 피로 물들이고 자신의 머리에 스스로 월계관을 쓴 신군부 앞에 이성과 상식은 설 자리를 잃었다. 거칠 것 없이 설쳐대는 신군부 앞에 광주의 그 모든 신성

한 피를 대신 뒤집어쓴 채 김 총재는 다시 묶이는 신세가 되었으니, 우리 현대사의 또 하나의 질곡이 시작된 것이다.

신군부는 구정치를 청산한다는 명분 아래 모든 민주인사들을 잡아들이는 한편, 자신들의 맏형격인 소위 '유신잔당'들을 부패 정치인으로 몰아 쫓아내는 데 혈안이 되었다.

지상에 많이 알려진 것처럼 그날 동교동으로 진입한 군인들은 군화를 신은 채 방으로 쳐들어가 김 총재에게 총을 겨누면서 끌고 나갔다고 한다. 자신들의 직속상관도 총질하면서 체포하거나 살해한 신군부이니 그 정도는 아무것도 아니었을 것이다.

신군부는 비서나 경호원, 심지어는 가정부까지도 동교동에 있는 사람이면 누구나 가리지 않고 모조리 연행해 갔다. 그때 마침 김 총재의 둘째아들 홍업 군은 집에 없어서 연행하지 못했는데, 이후 홍업 군에 대한 대대적인 체포령이 떨어졌다. 경찰에는 홍업 군을 잡는 사람에게는 일계급 특진을 시켜준다는 지시까지 내려왔다.

정치권과 전혀 무관한 홍업 군까지 잡아다가 뭘 한다는 것인지 한심하다는 생각에 실소가 나왔지만, 여전히 나는 생각만 그럴 뿐 스스로는 아무것도 할 수 없는, 단지 권력이 시키는 대로 하는 말단 하수인에 불과했다.

나도 그때 홍업이를 잡으려고 성산동 강신옥 의원 집을 수색한 적이 있었다. 이 사실은 불과 얼마 지나지 않아 동교동 식구들에게도 알려졌다.

하루는 집 앞을 지나다가 비서 한 사람을 만났더니,

"이 형사가 강신옥 의원 집에 홍업이를 잡으러 갔다면서?"

하고 비아냥거렸다. 입이 열 개라도 할말이 없었다.

얼마 후에 홍업 군은 결국 우리 경찰의 손에 잡혀 중앙 정보부로 끌려갔다. 홍업 군은 그곳에서 두 달 동안 조사를 받은 다음에야 집으로 돌아올 수 있었다. 그리고 당시 홍업 군을 체포하는 데 공을 세운 경찰관들은 모두 특진하고 표창을 받았다.

그런데 웃지 못할 일은 홍업 군을 잡는 데 자료를 챙겨주고 수사 계획을 수립하고 그리고 숨어 있던 곳을 덮친 경찰들이 모두 무더기로 승진을 했다는 사실이다. 죄없는 사람을 잡고도 승진할 수 있었으니, 당시 신군부의 단면을 잘 보여주는 일이라 할 수 있었다.

정말 표창을 받아야 할 사람들은 비가 오나 눈이 오나 민생의 일선에서 묵묵히 자기가 맡은 일을 하는 다수의 치안 경찰들이다. 그 아버지를 죄인으로 조작하기 위해 아무것도 모르는 아들을 끌고가고, 또 자신들의 그 파렴치하고 터무니없는 행위에까지 권위를 부여하기 위해 특진과 표창을 남발한다면, 그것을 지켜보는 대다수 일선 경찰들의 사기는 어떻게 되겠는가.

일반 국민들의 입장에서 본다면 우리 경찰도 분명히 가해자 내지는 방조자였다. 그러나 속사정을 조금만 들여다보면 경찰 역시 이렇게 속속들이, 몇몇 정치군인들이 저지른 죄악으로 인해 곳곳에 피멍이 얼룩진 피해자라는 사실을 알게 될 것이다.

5월 20일경, 우리 경찰은 위에서 지시받은 바를 처리하기 위해 동교동으로 향했다. 그건 지금 생각해도 치졸하고 잔인한 일이었다.

우리는 동교동 김 총재 자택에 이희호 여사와 어린 홍걸이, 운전기사 이종덕 씨, 조기완 씨와 가정부 이길례 씨만을 남기고 다른 사람들은 모두 집에서 쫓아냈다. 그때부턴 가정부가 시장을 가도, 홍걸이가 학교를 가도 모두 그림자처럼 따라다녔다.

내가 동교동을 지키면서 가장 힘들었던 것은 바로 이 무렵 하교하는 홍걸이의 모습을 볼 때였다. 나도 비슷한 또래의 자식을 키우는 아버지로서 어깨가 축 처진 채 가방을 들고 걸어오는 홍걸이를 보고 있노라면, 내가 지금 무슨 죄를 짓고 있는 겐가 하는 자책으로 시달릴 때가 한두 번이 아니었다.

광주에서 큰 일이 난 것은 2개월쯤 지난 뒤에서야 알았다. 역시 정보부는 우리들에게 꼭 그만큼의 간격을 두었다.

그때 김 총재는 군법회의에 회부되어 군 교도소에 수감 중이라고 했다. 동교동 자택엔 그 사실과 함께 변호사를 선임하라는 통보가 전달되었으나 그것도 실은 눈가리고 아웅하는 것이었을 뿐, 이희호 여사가 변호사를 선임하기 위해 외출할 기미만 보이면 우리 경찰은 정문에서 이 여사의 외출을 저지하곤 했다.

이희호 여사가 김 총재를 면회할 수 있었던 것은 3개월쯤 지난 1980년 8월 9일이었다. 그것도 우리 경찰관 1명과 정보부 직원 1명이 군 교도소까지 이 여사의 차에 동승한 채 함께 다녀왔다.

재판은 아주 빠른 속도로 진행되었다. 그리고 전두환 씨 또한 아주 빠른 속도로 잠실체육관으로 달려갔다. 소위 '체육관 대통령'이 되기 위하여.

그리고 1980년 9월 11일, 김 총재에겐 사형이 선고되었다. 그러나 그들이 고문으로 만들어낸 가짜 증인 정동년 씨는 나중에 양심선언을 통해 그들이 김 총재를 사형시키기 위해 만들어낸 모든 음모를 밝힌다.

그 양심선언이 있기 전까지는 나도 신군부가 발표한 대로 광주사태는 김 총재가 복학생 정동년 씨에게 오백만 원을 주어 배후 조종한 것으로 알고 있었다. 그로 인해 김 총재에게 상당한 저항감이 들었던 것이 사실이다. 소위 정보과 형사로 김 총재를 계속 감시하면서 집권세력에 의해 왜곡 선전되고 부당한 대우를 받고 있다는 걸 잘 알고 있는 내가 이럴진대 그 당시 일반 국민들은 어떠했겠는가.

그 동안 우리 국민은 잘못된 정권들에 의해 허위 사실을 사실로 받아들인 경우가 많았고 그 사실을 토대로 세상을 살아갈 수밖에 없었다. 잘못된 사실을 바탕으로 살아가는 세상이 제대로 될 리 없는 것이라면 그 피해는 고스란히 우리 국민 모두에게 돌아온다. 그런 점에서 권력자의 왜곡이나 허위조작의 피해자는 사건의 당사자뿐만 아니라 우리 국민 모두인 것이다.

요즘은 예전보다 좀 덜하긴 하지만 아직도 많은 사람들

이 김 총재를 두고 사상이 의심스럽다느니 신뢰성이 부족하다느니 운운하면서 거부감을 나타내는데, 이런 것도 실상 따지고 보면 그 동안 정권에 의해 왜곡 조작된 잘못된 사실에서 출발한 부정적인 이미지가 만들어낸 것이라 할 수 있다.

그해 11월 항소심에서도 사형이 선고된 김 총재의 집안은 폐허나 다름이 없었다. 우리는 상부의 지시에 따라 모든 사람들의 출입을 금지했는데, 그 중에는 맏며느리 윤혜라 씨도 포함되었다. 그 집의 종부조차 자기 집에 못 들어가게 만든 것이다. 그 당시 윤혜라 씨 남편 김홍일 현 의원도 김 총재와 함께 연행된 뒤 풀려나지 못했다.

신군부의 목적은 이들 일가를 외부와 완전히 차단하고 고립시키는 데 있었다. 그로 인해 우리는 이들뿐만이 아니라 이 지역 주민들까지 차단하게 되었고, 급기야 지역 주민들의 불만 또한 점차 고조되기에 이르렀다.

앞서도 애기했지만, 유신 시절 내내 정보부와 우리 경찰은 집요하게 김 총재 일가를 따라다니며 협박과 미행 등을 자행했으나 이희호 여사는 한 번도 우리에게 감정을 드러내보인 적이 없었다. 화를 내더라도 늘 우리를 그렇게 만든 당국을 비난할 뿐이었다. 그런 이희호 여사조차 이때는 자제하기 힘들었는지 우리를 향해, 도대체 우리 가족들을 모두 어쩌자는 것이냐고 큰소리를 내곤 했다.

경찰관의 눈으로 볼 때도 세상은 근본부터 미쳐서 돌아가고 있다는 생각이 들었다. 신군부는 그런 상황조차 즐겼다.

한 번은 이런 일도 있었다.

김 총재는 항소심에서 사형이 확정되었으나 각의에서 무기로 감형이 되어 이듬해 1월 31일 청주교도소로 이감되었다. 이희호 여사는 남편을 면회하기 위해 또 과거와 같이 시장을 돌며 모든 준비를 해서 군 교도소로 찾아갔으나 헛걸음이었다. 이때 이 여사의 차에는 정보부 요원과 우리 경찰관 동료 한 명이 동승하고 있었음은 말할 것도 없다.

나는 나중에, 그때 이미 그 정보부 요원은 김 총재가 청주교도소로 이감되었다는 사실을 알고 있었다는 이야기를 들었다. 사실, 그 모든 일이 그 사람들의 주도하에 만들어진 일인데 왜 몰랐겠는가.

그런데도 그 정보부 요원은 이희호 여사가 군 교도소까지 가서 헛걸음을 하고 돌아오기까지 전혀 내색을 하지 않은 채 이 여사의 낭패한 모습을 즐겼을 뿐만 아니라, 혹시 귀띔이라도 해줄까 봐 그랬는지 동승한 경찰관에게까지 그 사실을 철저하게 숨기고 있었던 것이다.

그런 일들이 무료한 한때의 장난처럼 그들의 발아래에 던져질 때, 그들은 이미 인간이 아니었다.

대문 앞 세상 구경

흔히 사람들은 곤경에 처해 봐야 친구를 알 수 있다고
한다.

그런 점에서 '광주정국'은 훌륭한 시험장이었다. 신군부
세력들이 군사작전을 방불케 하는 싹쓸이식 융단폭격으로
동교동을 헤집고 있을 때, 평소 찾아오던 많은 사람들이
하루 아침에 몸을 사리며 얼굴을 바꾸는 것을 나는 대문
앞에서 고스란히 지켜보았다.

물론 그런 상황에서 정치인들이 느꼈을 위기의식이나
곤혹스러움을 이해 못 할 바는 아니다. 그러나 하루에 오
백여 명씩 되던 인파가 불과 십여 명 안팎으로 줄어든 데
서는 정말 세상의 인심을 실감할 수 있었다.

극히 상식적인 얘기이기는 하지만, 나는 이런 현상을 보
면서 정치가는 모름지기 자기 자신을 극복할 수 있는 사
람이어야 한다는 생각이 들었다.

정치를 하는 사람이 어려움을 헤쳐나갈 생각은 않고 몸

을 움츠린다면 어찌 나라가 누란의 위기에 빠졌을 때 스스로를 던질 수 있겠는가. 최소한 저자거리의 장사치들이나 우리 같은 말단 공무원, 더 좁혀서 똑같은 방법으로 몸을 빼버린 동교동의 모모 비서 같은 사람들과는 뭐가 달라도 달라야 하지 않겠는가.

그때 발길을 끊은 모든 사람들이 김 총재에게서 돌아섰다는 얘기는 물론 아니다. 정치하는 사람들의 일반적인 처신에 대해서 말했을 뿐이다. 일반인들이야 웬만한 각오와 정신무장 없이는 도저히 오고 싶어도 올 수 없을 만큼 서슬퍼런 군화바람이 불던 시절이었고, 그러기에 웬만한 담력이나 결심을 가지곤 어림도 없는 일이었다. 하지만 그동안 변화를 외치며 정치를 해온 그들이야말로 바로 그때 그 자리를 지켰어야 할 사람들이었다.

이런 까닭으로 그때까지도 꾸준히 남은 십여 명은 우리 경찰들에겐 다른 때의 오백 명보다 더 막아내기가 힘들었다. 대표적인 인사로 꼽을 수 있는 이들이 작고하신 함석헌 옹을 비롯하여 문익환 목사와 박용길 여사, 문 목사의 동생인 문동환 씨 부부, 이우정 교수, 안병무 박사와 박영숙 여사, 윤보선 전 대통령의 영부인 공덕귀 여사, 조남기 NCC 총무이사, 한영애 현 국민회의 의원 등이다.

이들은 함께 오는 경우도 있었지만 각기 개인적으로 찾아오는 때도 많았다. 함께 오지 않는다고 해서 우리의 어려움이 덜해졌다고 볼 수도 없었다. 왜냐하면 이들은 단신으로도 전혀 위축됨이 없었을 뿐 아니라, 우리가 막는 수위가 강경하면 강경할수록 오히려 더욱 강하게 우리를 향해 분노를 터트리곤 했기 때문이다.

함석헌 옹 같은 이는 팔십 넘은 노인의 힘이 어찌나 좋은지, 경찰 한둘 정도 막으려고 달려들었다간 오히려 낭패 보기가 십상이었다. 보통 너댓 명 이상이 한꺼번에 달려들어야 했는데, 그것도 우물쭈물하다간 그 어른의 주먹이라도 한 대 얻어맞을 판이라 우리도 바짝 긴장을 하게 되는 것이다. 함석헌 옹은 사방으로 주먹과 발길질을 하면서 우리를 막다가 힘이 부치면 담배갑을 집어던지기도 하고 그것도 안 되면 침을 뱉어가며 저항을 했다. 그렇다고 우리도 고령의 노인을 젊은 사람들 다루듯 함부로 어찌해 볼 순 없는 일이었다. 단지 여럿이 번쩍 안아올려 저지선 밖으로 내려놓는 게 고작인데, 그럴 땐 아예 몸부림을 치며 땅으로 굴러버렸다.

함석헌 옹과 함께 기억나는 분으로 박용길 여사가 있다. 돌아가신 문익환 목사의 부인인 박 여사는 젊은 경찰관들을 당해낼 수 없자, 손톱으로 할퀴기도 하며 온몸으로 저항을 하다가 스스로 분노를 이기지 못하여 땅바닥을 떼굴떼굴 구르기도 하였다.

물론 이미 독자 여러분들이 짐작하고 계시듯이, 우리의 제지가 모두 이분들 대하듯 점잖기만 했던 건 아니다. 일반인들이나 그리 알려져 있지 않은 인사들과 몸싸움을 할 때면 체포와 연행, 그리고 폭행 등 그 과정에서 비롯되는 인권유린도 심심치 않았다.

어떤 이들은 이런 폭력이 두려워 아예 대문 앞에서 누구누구가 왔다 간다는 말만 안으로 전하는 이른바 입도장을 찍고는 곧바로 되돌아가기도 했다.

공교로운 일치인지 몰라도, 나중에 보니 소위 변절인사들의 대부분은 이때 대문 앞에서 기웃거리다가 소위 입도 장만 찍고 간 그런 사람들이었다. 이들 중 이후 여당의 실력자로 부상한 이도 있고 요직을 차지하는 이도 더러 있었지만 한결같이 그 끝은 좋아 보이지 않는다.

비록 남의 대문 앞을 지키는 일이지만 이것도 결국 사람을 대하는 일이다. 그러다보니 이러구러 정치에는 문외한인 나도 반 점쟁이가 되어갔다. 찾아오는 사람들을 종종 내 나름대로 분류해 보는 버릇이 생긴 것이다. 그런 끝에, 소위 이들 '변절자'들에겐 일정한 유형이 있는 것을 발견했다.

예를 들어 여당에서 장관까지 지낸 정치인 모씨의 경우, 학자인 그가 동교동에 출입할 당시부터 나는 왠지 그리 오래갈 사람은 아니라는 느낌이 들었다. 그는 과감하게 동교동을 뛰쳐나온 뒤 한동안 출세가도를 달리는가 싶었는데 그 뛰어난 재주에도 불구하고 사람들의 가슴에 별로 좋은 기억을 심어주지 못했다. 사람들은 한결같이, 그의 행정이 어떤 때는 산으로 갔다가 어떤 때는 바다로 가는 등 종잡을 수가 없다고 했다.

그가 텔레비전 같은 곳에 나타난 모습을 보면 누구나 한눈에 그가 재기발랄한 재사란 것을 알아낸다. 하지만 그는 우리에게 정치는 재주만 가지고 되는 것이 아니라는 것을 보여주었다.

또 하나는 여당 실력자로 부상한 K씨의 경우. 그는 그

의 강성 이미지 때문에 종종 사람들이 단순하게 보는 듯
하지만 사실 그도 뛰어난 재사였다. 그를 곁에서 지켜본
사람이면 그가 얼마나 재기발랄한 사람인지 잘 알 것이다.
그에 대한 평가는 아직 이른 감도 있고 한마디로 '좋은
끝' 운운할 순 없지만, 그러나 그가 기댄 언덕으로 보아
결코 순탄한 평가를 기대하기는 어려울 것이다.

　이런 생각들은 처음엔 그저 막연한 느낌이었는데, 나중
에 곰곰이 생각해 보니 그 이유를 알 수 있었다.

　'현명한 사람은 동교동에 머물 수 있어도 재기가 넘치
는 사람은 머물 수 없다!'

　얼핏 비슷한 것 같지만 둘 사이에는 엄청난 차이가 있
다. 먼저 어떤 사람들이 일반적으로 동교동에 오래 남게
되는가를 심심파적이라고 생각하고 한번 재미삼아 나누어
보자.

　첫째로 총명하면서도 매사에 사리가 분명한 사람이다.

　이런 사람은 보통 금방 대중의 주목을 받지만 그런 것
에 구애됨이 없이 묵묵히 자기 일을 추진하는 사람들이다.
비서 출신의 H의원, 재야에서 활동하다 뒤늦게 정치에 입
문한 Y씨가 이런 형이다.

　둘째로 이해심이 많고 대인관계가 좋아 사람들이 주위
에 끊이지 않는 형이다.

　K의원이 대표적인 경우인데, 이외에도 시인인 Y씨, 근
래에 입문한 재야 운동가 출신이며 역시 시인인 K씨 등
을 들 수 있다.

　이들은 보통 느긋한 성격의 사람들이다. 정치를 길게 보

고 사람들을 일일이 배려하지는 않아도 바탕에 저절로 신뢰를 쌓아가는 형의 사람들이다.

셋째로 어떤 일이 옳다고 생각하면 물불을 가리지 않는 정의파식 돌격형이다.

이들은 주위의 냉철한 재사들이 항상 명분을 세워주기 때문에 죽을 때까지 충성형이다. 비서 출신의 K의원, 지방 도의원으로 활동하는 또 다른 K의원 등이 이 경우에 속한다 하겠다.

마지막으로 첫번째와 큰 범위에서 비슷하다고 보여지는데, 그다지 현명하진 못해도 타고난 성품이 근면하여 꾸준히 자기 일을 하는 노력형이다.

이렇게 보면 자연히 적응할 수 없는 사람들의 유형도 나타날 것이다.

위에서 언급한 재기발랄한 형이란 일반적으로 재주가 그 사람의 그릇 이상으로 넘쳐나서 주체를 못하는 사람들이다. 이런 사람들은 보통 빠른 시일 안에 어떤 결과를 보려고 하고, 모든 사람들의 중심에 자신이 서 있으려는 속성이 있다.

그러나 동교동엔 뛰어난 재사들이 많다. 그들은 대체로 자신의 재기를 드러내지 않는다. 다수를 위해 개인의 눈빛을 감추고 있을 뿐이지, 단순히 재기만으로 말한다면 절대로 남에게 뒤질 사람들이 아닌 것이다.

언론에서는 김 총재를, 그 자신 뛰어난 재사여서 주변에 인재가 모일 수 없는 사람이라고들 한다.

이 말은 내가 볼 때는, 부분적으로는 맞고 부분적으로는 틀리다. 김 총재가 뛰어난 재사라는 건 그래도 일견하여 육중한 바위산 같은 그를 찬찬히 살펴본 결과라고 생각된다. 하지만 김 총재의 주변을 제대로 살펴본 적이 없이 뛰쳐나간 소위 '재기발랄'형 인사들의 입만 빌렸을 뿐이다.

나는 이런 얘기를 들으면 꼭 이솝 우화의 '저 포도는 시어서 못 먹어' 하는 여우의 얘기가 떠오르곤 한다. 물론 언론의 얘기가 아니다. 전통적으로 정부의 시혜 아래 자라온 우리 언론이야 '포도'가 아니라 '달걀 같은 며느리 발뒤꿈치'일 테니까.

김 총재를 감시하면서 내가 느낀 인상은 앞에서도 잠깐 언급했지만 커다란 바위산 같은 사람이란 것이다. 비가 오건 바람이 불건 상관하지 않고 언제나 묵묵히 그 자리에 있으면서, 그러면서도 모든 것을 한눈에 내려다보고 있는 그런 산. 그리하여 세상사 모르는 게 없어도 늘 묵묵함으로 해서 사실 아는 것도 없다고 할 수 있다.

많은 재사들이 동교동에 돌팔매를 던지며 떠나가도 그가 그런 문제에 대해 일언반구 내비치는 걸 나는 본 적이 없다.

무협지 같은 데 보면 고승들이 제자를 기를 때 대개 처음 몇 년은 오직 마당만 쓸게 한다. 그리고 뻔한 줄거리듯 재주가 뛰어난 영재들은 보통 참지 못하고 뛰쳐나가게 되는데, 어떤 이들은 결국 세파에 시달리다 크게 느끼는 바가 있어 되돌아오기도 하고 또 어떤 이들은 아주 손쉬운 사도(邪道)를 익혀 대악(大惡)의 두목이 되기도 한다. 그러나 고승은 그들이 되돌아오더라도 꾸짖거나 내치는 법

이 없다. 다만,

"세상에 나가 보니 그래, 어떻더냐?"

할 뿐이다. 김 총재는 이 '어떻더냐?' 조차 하지 않을 사람이다.

돌아오면 허허 웃으며 기자들 앞에서 같이 사진을 찍어 주고, 그 다음엔 늘 그 자리에 있었던 산으로 다시 돌아갈 뿐이다.

얘기가 너무 곁으로 샜다는 느낌이 든다.

되돌아와서, 일반인으로 기억에 남는 이로는 영화배우 한상일 씨가 있다.

그가 찾아오는 것은 정치적인 이유가 아닌 친구를 보러 오는 것이었다. 홍업 씨의 친구인 그의 방문은 우리도 기이하게 생각했는데, 그때의 삼엄한 감시와 제지를 뚫고 일반인이 찾아올 수 있다는 것만으로도 그는 진정한 친구였다고 할 수 있을 것이다.

우리의 저지선 앞에 도착할 때쯤이면 온몸이 바짝 굳어 있는 듯이 보이던 그의 모습이 눈에 선하다. 그래도 그는 '감히' 그곳엘 왔다.

이러한 정문의 완전봉쇄는 이후 김 총재가 형집행정지로 풀려난 뒤에까지도 계속되었다.

뒤에 여야 국회의원들에게만은 출입이 허용되었는데, 국회의원이라 하더라도 신분만은 철저하게 확인하고 들여보냈다.

그래서 당시 동교동을 찾는 의원들은 나에게 얼굴을 익혀두려고 애쓰는 분이 많았다. 많은 의원들은 저지선에 도착하면 일단 내 얼굴부터 찾았다. 말단 경찰에게 일일이 신분증을 내놓고 신분을 증명해 보인다는 것이 그분들에게는 조금 수치스러웠으리라.

동교동의 근무 경험으로 하여 나는 과거 YH사건 때도 대문 앞에서 익힌 얼굴들을 바탕으로 마포 민주당사까지 나가서, 그곳에서 국회의원들을 일일이 가려내는 일을 맡은 적도 있었다.

자연히 나는 동교동을 찾는 국회의원들의 안내역을 맡기에 이르렀다. 그분들의 얼굴을 일일이 기억해 두었다가, 다른 직원들이 제지하기 전에 그들을 맞이하여 출입을 알선해 주곤 했던 것이다.

이후 김 총재가 반강제로 미국행을 하게 된 뒤, 나는 잠시 지금은 여당인 모의원의 가택 연금을 맡게 되어 동교동을 떠났다. 그러나 1985년 2월 김 총재가 귀국하면서 다시 동교동으로 불려왔다.

그때 전두환 정부는 김 총재의 귀국에 대비, 체계적으로 김 총재를 연금하기 위해 자택 주변의 건물들을 빌려 소위 4곳의 '안가'를 마련해 두고 있었을 뿐만 아니라 몇 개의 초소까지 준비했다.

70년대 이후 정보부와 경찰의 동교동 진주는 감금이 예술이 되는 감금 예술의 역사라고까지 할 수 있을 것이다. 감금 인원도 갈수록 방대해졌을 뿐만 아니라 시설이나 조직도 보다 과학화, 현대화되어 갔다. 그러나 감금 기술의 세련성에 비례하여 방법은 더욱 폭력적으로 변해 갔음은 말할 것도 없다.

이때쯤엔 동교동에서도 여기에 신경을 쓰는 듯한 눈치였다. 김대현 씨가 이끄는 경호팀이 정홍진(현 종로구청장), 윤철상(현 국민회의 의원) 씨 등 5,6명으로 보강되었다. 비서들의 업무도 이 시기에 구체적으로 세분화되지 않았나 싶다.

이런 상호간의 조직보강을 보면 이후 양측의 충돌이 한층 잦았을 것은 자명한 이치다. 나도 급기야 처음으로 육탄전을 겪게 되는데, 바로 현 종로구 정홍진 구청장과의 충돌이었다.

당시 우리가 정문을 봉쇄하고 일체의 출입을 통제하자 안에서 비서들이 모두 나와 우리의 저지선을 무너뜨리려고 하였다. 김옥두 의원이 나를 향해 달려나오면서,

"이 형사, 당신 왜 여기 있어! 안 가?"

했다. 나도 이미 충돌을 피할 수 없음을 알았던 터라,

"당신이 나 월급 줘?"

하고 시비조로 맞받았다.

이후 엎치락뒤치락하는 육탄전이 벌어졌다. 그 와중에서 나는 정홍진 현 종로구청장에 의해 머리 위로 번쩍 들려져 하마터면 땅바닥에 내던져지는 신세가 될 뻔한 적도 있었다.

김 총재의 동생 김대현 씨도 이 무렵 우리측의 구두발에 채여 발등을 다쳤다. 그 후유증으로 대현 씨는 지금도 한쪽 다리를 전다.

물론 그때 국내 언론의 동교동 취재는 전혀 허용되지 않았다.

우리는 사람들이 많이 몰려들어 시위를 하면 그들을 모두 '닭장차'에 실어 난지도나 고속도로 주변까지 싣고 간 다음 버리고 돌아오곤 했다.

그러나 사회적으로 점점 시민의식이 성숙되어지고 민주주의에 대한 열망이 높아지면서, 사람들을 그렇게 버리고 온 뒤에는 항상 이후에 올 폭풍에 대비해야 했다.

과거에는 이런 일이 있고 나면 일시 주춤하는 게 상례였다. 그러나 이 무렵부턴 오히려 더욱 많은 시위 행렬이 뒤따를 것임을 알리는 바로미터가 되었다. 거물급 인사들을 버리고 온 뒤에는 그만큼 엄청난 항의 행렬이 뒤따라서 우리의 저지선이 한참이나 뒤로 밀려난 적도 있었다.

이때도 이희호 여사는 양쪽의 대치가 지속되면 커피 등을 끓여가지고 밖으로 나와 이들 재야인사들을 격려하곤 했다. 그러다가 우리 쪽에도 함께 나누어주려고 했는데, 우리는 별 편견없이 마시려 했지만 대부분 정보부 요원들이 강한 거부감을 나타내는 바람에 무산되고 말았다.

이 여사라고 해서 어찌 우리가 밉지 않겠는가. 하지만 나는 이희호 여사의 그런 행동이 결코 제스처가 아니라는 사실을 안다.

한번은 시위대와 몸싸움을 벌이다 무전기를 분실한 적이 있었다. 이 때문에 감사까지 내려오고 우리는 정신적으로 모두 초긴장 상태였다.

무전기의 분실은 단지 통신기기 하나를 잃어버리는 데에 그치는 게 아니다. 그것은 곧 경찰의 무전 채널 분실을 의미하고, 결국 모든 전략의 노출로 이어지게 되므로 상부에서 펄펄 뛰는 것이 너무나 당연하다. 그러니 그 파장만큼 후유증도 크리라는 건 불을 보듯 뻔한 일이지만, 그보다도 그로 인한 자책과 의욕상실 등이 더 큰 문제였다.

나는 물에 빠진 사람 지푸라기라도 잡는다는 심정으로 이 문제를 이희호 여사에게 의논해 보기로 하였다.

이 여사는 내 얘기를 한참 동안 진지하게 들어주더니,

"정말 마음고생이 컸겠군요. 그런 일이 있었으면 진작에 말을 하지 그랬어요. 내가 한번 수소문해 볼 테니 너무 걱정 말고 기다려보도록 하세요. 누가 갖고 있다면 빨리 돌려주도록 할 테니."

하고 위로해 주었다.

그때 나는, 혹시 무전기를 찾게 될지 모른다는 기대가 전혀 없었던 건 아니지만, 그보다도 아무 편견없이 우리의 고충을 진지하게 들어주는 이 여사의 태도에서 마음의 위안을 받았다. 솔직히 그렇게 해서 찾을 수 있으리란 생각은 정말 하지 않았다.

그런데 며칠 후, 새벽 5시경에 복덕방으로 전화가 온 것이다. 낯선 남자의 목소리였는데, 그는 다짜고짜 나더러 지금 즉시 어느 초소로 가보라고 했다.

순간 퍼뜩 머리에 떠오르는 게 있어 나는 자리를 박차고 밖으로 달려나갔다. 아니나다를까, 그곳엔 우리를 그토록 몸달게 만들었던 무전기가 얌전하게 놓여 있었던 것이다.

만일 시위대가 그때 무전기를 돌려주지 않고 그대로 사용했다면 경찰은 무전 채널을 바꿔야 했을 것이다. 그러나 그런 일은 하루 이틀 사이에 가능한 일이 아니었으므로 우리의 일거수일투족은 한동안 시위대의 관찰 아래 노출될 수밖에 없고, 당시 시위대의 기세를 감안한다면 형세는 그리 만만치 않았을 것이다.

이것이 바로 청와대와 동교동의 차이다. 나는 그때 그런 생각을 했다.

이런 일은 결코 제스처일 수가 없는 것이다. 오히려 제스처를 씀으로 해서 목전에 보이는 어떤 결과를 던져버리게 될지도 모르는 상황이었으므로. 그렇다고 해서 우리의 대응이 온건해진 것도 아니었다. 우리는 무전기를 돌려받자마자 곧 그 일을 잊어버렸고, 다시 한치의 빈틈도 없는 통제에 들어갔다.

일례로, 무전기 사건 얼마 뒤 배기선 비서의 부인인 소프라노 이경애 씨가 아이들을 데리고 우리가 있는 초소로 찾아왔다. 배 비서가 동교동에 갇혀 나오지 못하자 이경애 씨는 아버지에게 아이들의 모습이라도 보여주려고 찾아온 것이다.

그러나 우리는 아예 '무응답' 그 자체였다. 누가 응답하지 말라고 한 것도 아니지만, 우리는 말문마저 닫아버리고 상대를 하지 않았던 것이다.

이경애 씨는 잠깐만이라도 좋으니 제발 얼굴만 보게 해달라고 울면서 애걸복걸하였다. 매달리다 못해 제풀에 서러워진 이경애 씨는 땅바닥에 주저앉아 엉엉 울었다.

하지만 어림도 없는 일이었다. 누구 하나 그녀를 거들떠보려는 사람도 없었다.

그런 일은 다른 비서들도 마찬가지였다. 권노갑, 한화갑, 김옥두 비서들의 부인들도 갈아입을 속옷을 가지고 와 반입을 요구했지만 우리는 그것마저도 거절했다.

수년을 함께 근무하면서 이들 비서들과는 미운 정 고운 정이 다 든 나다. 그러기에 이들은 나를 보고 인간도 아니라고 욕을 했다.

하지만 나에게 무슨 힘이 있었단 말인가. 비서들에겐 말할 수 없었지만, 그때 모든 일은 정보부 요원들이 바로 곁에서 일일이 통제를 했던 것이다.

함석헌과 윤보선

언제부터인지는 모르지만 우리나라에는 대학생에서부터 정치가에 이르기까지 모든 '위험인물(?)'에게 거주지별, 주생활 근거지별로 전담형사가 배정되어 왔다. 전담형사들은 사회적인 파장이 예상되는 시위나 집회가 있을 때 우선적으로 이들 위험인물을 차단하거나 격리하는 일 등을 맡는다. 80년대를 거쳐 많은 학생들이 감시선상에 오르면서 이 일은 이미 웬만한 사람이면 다 아는 공공연한 비밀이 되어버렸다.

이중에서도 특히 요주의 인물이라 생각되는 사람들에겐 24시간 미행과 감시가 따라다니게 되어 있는데, 동교동은 그런 사람들이 모이는 집합소였다. 많은 인사들이 족적을 남긴 만큼 그들을 따라온 형사들의 흔적 또한 곳곳에 묻어 있었다.

우리는 모이면 늘 서로가 맡고 있는 인물의 남모르는 특징이나 생활 습관 등을 화제에 올리며 시간을 보내곤 했다.

정보과 형사들은 입담이 좋아야 했다. 공무원 신분으로 불법적인 사생활 침해를 어쩔 수 없이 해야 하는 만큼, 사찰 대상자들과 일상적인 충돌을 피하면서 임무를 수행하고, 어떤 경우엔 사찰 대상자에게 사정사정하고 읍소를 하면서라도 앞을 가로막아야 했기 때문이다.

일일이 충돌하다 보면 정상적인 사찰이 어려울 뿐만 아니라 언제 끝날지 모르는 지리한 마라톤에서 자신이 먼저 지쳐 떨어지고 말기 때문이다.

그런 탓인지 정보과 형사들은 대개 입담이 좋았다.

우리는 함께 모이면 늘 서로 자신이 먼저 이야기하려고 입에 침을 튀기곤 했는데, 특별히 말을 잘하는 사람보다 자신들이 맡고 있는 사람이 누구인가에 따라 자연스럽게 말의 비중이 두어졌다.

내 기억에 인상적으로 남아 있는 용산서의 이모 형사와 종로서의 박모 형사 이야기가 특히 그런 경우였다.

이 형사는 사투리가 그럴 듯하게 어울리는 충청도 사내였다. 그는 함석헌 옹을 담당했는데, 구수한 충청도 사투리가 함석헌 옹의 노인답지 않은 기행과 더불어 쉽게 사람들을 빨아들이곤 했다.

우리 형사들이 쓰는 은어로 '탈미'라는 게 있다. 이는 피감시자를 감시선상에서 놓쳐버렸다는 뜻인데, 베테랑 중에 베테랑인 그가 놀랍게도 팔순의 함옹에게 번번이 탈미를 당하고 만다는 것이다. 그만큼 함옹이 탈미를 하는 수법도 보통 사람이 도저히 그 연세의 노인이 한 일이라곤 믿기 어려운 기상천외한 것이었다.

기억나는 대로 한 가지 예를 들자면 이런 것이다.

한 번은 대구의 한 재야단체에서 함옹의 강의가 예정되어 있었다. 오래 전부터 왕성한 저술 활동과 활발한 강연 활동을 하면서 독재정권을 강도 높게 비판해 온 함옹은 재야의 큰 어른으로 정권의 눈밖에 나 있었다. 그래서 다른 재야인사와 마찬가지로 툭하면 가택 연금을 당하곤 했는데, 이번에도 함옹을 초청한 단체와 강연 자체가 불법적인 것으로 간주되어 원천봉쇄 명령이 떨어졌다. 이에 따라 함옹은 가택 연금 상태에 놓이게 되었다.

그날도 이 형사는 함옹이 집 안에 있는 것을 확인하고 대문 앞에서 지키고 있었다.

그런데 이게 무슨 귀신이 곡할 노릇인가. 분명히 집 안에 있는 것을 확인했던 함옹이 오후 2시경 대구에서 강의를 하고 있다는 보고와 함께, 즉시 사실 확인을 해서 상부로 보고하라는 문책성 지시가 떨어진 것이다.

그는 황황히 집 안으로 들어가 구석구석을 살폈다. 물론 함옹은 집 안에 있지 않았다. 함옹이 탈출을 할 수 있는 출구란 집 뒤쪽에 있는 높이 2미터나 되는 담벽을 타고 내려가는 방법 외엔 달리 길이 없기에 이 형사의 놀라움은 더욱 컸다.

그 스스로도 믿기 어려운 일이었지만 탈출구는 그곳이 유일하였으므로, 이 형사는 상부로부터의 질책을 각오하고 그대로 보고하는 수밖에 없었다. 그러자 보고를 받는 사람조차,

　"그 영감 정말 대단하구만."
하고 허허 웃고 말더라는 것이다.

　이외에도 함옹의 기행에 대한 얘기는 셀 수 없이 많았는데, 특히 왕성한 기력에 관한 이야기들이 많았다.

　하얀 옷차림을 한 백발 성성한 함옹의 얼굴은 누가 보아도 동안이었다. 얼굴 모습이 팔순 노인이라고 믿기지 않았는데, 소매를 걷어부친 팔뚝에서도 힘이 넘쳐났다. 앞에서도 잠깐 얘기한 바 있지만, 함옹은 젊은 형사들 한둘이 달려들어선 막을 엄두도 못낼 만큼 힘이 셌다. 그렇다고 나이 든 양반을 어떻게 함부로 할 수도 없고 해서 난감한 적이 한두 번이 아니었던 것이다.

　지금은 함옹도 이 형사도 모두 이 세상을 떠나고 없다. 어쩌면 이 형사는 지금쯤 함옹 앞에서 무릎을 꿇은 채 경을 치고 있는지도 모른다.

　하긴 그렇지도 않으리라. 수많은 기행의 주인공답게, 또는 이 민족의 어른답게 함옹은 이 형사를 불러다 앞에 놓고 껄껄 웃으며,

　"그래, 네 보기에 내가 어떻더냐?"
하며 막걸리를 한 잔 가득 따라 권할는지도.

　이 형사의 얘기를 하면 자연히 떠오르는 사람이 있는데 그가 바로 종로서의 박 형사다. 박 형사는 윤보선 전 대통령을 담당한 사람으로 타고난 이야기꾼이었다. 박 형사는, 보통 좌중의 얘기가 이 형사의 주도로 어느 정도 무르익어가면 이에 질세라 이야기의 끝을 잡고 나오던 사람이었다.

박 형사는 윤보선 전대통령 부인 공덕귀 여사를 따라 동교동에 오곤 했는데, 공 여사도 당시 재야인사들과 함께 민주화운동에 아주 열심이었던 분이다.

박 형사의 말에 의하면, 민주화운동을 후원하던 윤 전대통령 역시 함옹과 마찬가지로 팔십 고령인데도 연령에 맞지 않게 무척 건강하였다고 한다. 기력이 보통이 아니었던 듯 팔순의 나이에도 정력이 넘쳤다는 것이다.

얘기를 들으면서 우리는 별난 노인들이라고 웃곤 했지만 속으로는 오히려 경건한 마음이 들었다. 비슷한 연배의 노인들이 대개 치매나 다른 노인성 질환으로 고생을 하고 있는 데 비해, 그 같은 고령에도 철저한 자기 관리와 절제된 삶의 태도로 생활하는 모습이 경외감을 주기에 충분했던 것이다. 그래서 우리는 한편으로는 서로의 처지나 정치적인 신념을 떠나 그런 분들을 곁에서 바라보며 생활하는 것이 나쁘지만은 않았다.

그러나 이제 함옹도 윤 전대통령도 모두 돌아가신 지 오래다. 그 정정하신 분들도 자연의 섭리를 무시할 수는 없었던 것이다. 하지만 지난 시간들을 돌이켜보면, 후회스러울 뿐인 우리에게 어떻게 살아가야 하는가를 고통스럽게 알려주었던 분들인 것만은 틀림없었다.

이런 일 저런 일

철저한 통제와 연금이 이루어지는 와중에도 이곳 동교
동 역시 사람이 사는 곳이라, 다른 데서 일어나는 일은 여
기서도 일어나고 다른 데서 터지는 일은 여기서도 터져.
가끔 우리의 긴장된 근육을 일시에 허탈하게 만들기도 했
다.

비가 몹시 오는 어느 날이었다. 하늘이 뻥 뚫리기라도
한 듯 사나운 기세로 쏟아지는 빗줄기 때문에 복덕방 문
을 열고 나가면 주위는 온통 빗소리에 파묻혀 더욱 어두
운 느낌이 드는 그런 날이었다.

딱히 할 일은 없었지만 그렇다고 잠을 청할 기분도 아
니어서, 그냥 의자에 깊숙이 몸을 묻은 채 이 생각 저 생
각으로 시간을 보내고 있는데 문득 목 뒤로 서늘한 인기
척이 느껴졌다. 고개를 돌리던 나는 그만 기함을 할 듯이
놀라고 말았다.

거기엔 웬 여인이 머리를 산발한 채 서 있었던 것이다.

더구나 하얀 소복을 입은 채로.

주위는 고요했고 밤은 깊었다. 주말이면 별일이 없는 한 교회에 나가는 교인의 신분인 나지만, 그때만큼은 그런저런 생각이 저만치 달아나고 없었다.

사람은 찰나에 삼천 가지 생각을 한다고 한다. 그때의 내가 그랬다. 온갖 상념이 머리를 스쳐 지나갔는데, 가장 선명하게 떠오르는 것이,

'내가 몹쓸 짓을 해도 너무 많이 했구나, 무슨 한이 맺힌 원귀인가.'
하는 것이었다.

결국 근처에 가끔 나타나는 미친 여자로 밝혀졌지만, 그때 생각을 하면 지금도 소름이 오싹 돋곤 한다.

또 한 번은 역시 혼자서 밤 근무를 하고 있을 때인데, 어디선가 여자의 가느다란 흐느낌 소리가 들려오는 것이었다. 깊은 밤 하이 옥타브로 끊어질 듯 이어지는 여자의 그 울음소리는 사람의 혼을 빼놓기에 충분했다.

생각해 보라. 깊은 밤, 사위는 고요한데 아무도 없는 복덕방에서 혼자 듣는 정체 모를 여자의 흐느낌 소리를.

머리가 바짝 섰지만 이번엔 앞서의 경험도 있고 해서 총망중에도 소리의 정체를 파악하려고 귀를 모았다. 그러자 소리는 좀더 가까이서 들려왔다. 잠시 주위를 집중하고 있자니 어쩐지 소리가 좀 이상하다는 생각이 들었다.

그때 초소 뒤에는 사용하지 않는 낡은 가구공장 건물이 있었다. 나는 용기를 내어 살금살금 소리나는 곳으로 다가가 보았다. 그리고 소리의 주인공들을 확인하는 순간 그만

얼굴이 확 붉어져 돌아서고 말았다.

한 쌍의 연인이 그곳에서 사랑을 나누고 있었던 것이다. 반은 허물어진 가구공장 한켠에서 여관에 갈 돈조차 없는 가난한 연인들이.

사람의 심리란 참으로 알 수 없다. 오직 사랑을 나누기 위해 그 삼엄한 경계 속으로 숨어들 수도 있다니. 그곳은 태풍의 눈 같은 곳으로, 비록 외관상은 한껏 조용하고 평온한 듯 보이지만 그 바깥으론 전경들이 철통같이 통제를 하고 있었던 것이다.

하지만 그들에겐 그곳이 오히려 안전한 장소였는지도 모른다. 전혀 뜻하지 않은 날벼락도 맞을 수 있는 장소라는 것을 그들이 몰랐기에 다행이었다고 할 수도 있었다. 그때 마침 정보부 요원들은 어디로 갔는지 한 명도 보이지 않았다.

‘사람 사는 세상에서 일어날 수 있는 모든 일’의 구색이라도 맞추려고 그랬는지, 정신병자나 도둑사랑을 나누던 이 연인들 외에 이곳에는 진짜 도둑이나 강도가 나타난 일도 있었다.

그중 도둑이란 자는 참으로 운이 없던 안쓰러운 도둑이었다. 내가 깜빡 조는 틈에 김 총재의 담장을 넘은 것까지는 좋았다고 할 수 있다. 그러나 문 앞을 지키는 경찰은 가볍게 통과한 도둑이 그만 안에서 평범한 서생(?)의 손에 잡히고 만 것이다. 바로 김옥두 비서의 손에.

그러자 순간 이 도둑은 기지를 발휘하여, 평소 김대중 선생을 무척 좋아했지만 뵐 기회가 없어 이렇게 밤늦게

찾아오게 되었노라고 변명을 했다고 한다. 이 말을 들은 김옥두 비서는,

"그래도 낮에 와야지 밤에 주무시는데 오면 됩니까."

하고 좋게 타일러서 대문 밖으로 데리고 나왔다.

새벽 세시가 조금 지나서였을 것이다. 나는 이때 대문 앞이 왁자한 통에 정신을 차리고 다가갔다가 김옥두 비서로부터 이 젊은이를 넘겨받았다.

"이 사람 집을 잘못 찾은 모양인데, 잘 타일러서 보내소."

나는 그가 정상적인 방문객이 못 됨을 금방 알아보았다. 김 비서의 말도 있었지만, 경찰관의 신분인 나로서는 그냥 보낼 수도 없는 일이어서 조사를 위해 그를 본서 수사과로 넘겼다.

나중에 수사과에 가서 들으니, 그는 애인의 산후조리를 위해 담장을 넘은 이른바 '초보도둑'이었다. 동거중인 애인이 산달이 되었는데도 돈을 마련할 길이 없자 마음 한 번 모질게 먹고 돈이 제법 있을 듯한 집을 골라 담을 넘었다는 것이다.

그러나 그가 평소에 김 총재를 좋아했다는 말은 빈말만이 아니었던 것 같다. 수사과에서도 그는 자신이 하필 김 총재의 집 담장을 넘었다는 데 대해서 무척 죄책감을 느끼고 있었다고 한다.

사실, 운이 나쁜 것은 내 손에 잡힌 강도도 마찬가지였다. 당시 우리는 김 총재 자택의 출입봉쇄에 그치지 않고 그 앞을 지나가는 사람들의 신분증을 일일이 확인하는 등,

사람들의 기억으로부터 아예 동교동을 분리해 내려는 정부의 기도를 충실히 봉종(奉從)하고 있었다.

그날도 나는 여느 때처럼 그곳을 지나는 한 젊은이에게 주민등록증을 제시할 것을 요구했다. 그런데 그 젊은이가 갑자기 당황한 기색을 띠며 우물쭈물하더니,

"집이 이 근천데요, 한 동네라 안 가지고 나왔는데요."

하였다.

그러나 얼굴도 낯이 설 뿐만 아니라 젊은이의 태도가 어딘지 모르게 영 어색하여 나는 소지품을 한번 검사해 보기로 했다.

젊은이는 한 손에 허름한 가방을 끼고 있었는데, 나는 먼저 그것을 열어보도록 했다. 그런데 이게 웬일! 그 안에는 사람을 결박하기 위한 포승줄과 식칼, 그리고 수건(아마 입을 막기 위한 도구인 듯) 등이 들어 있었다.

길을 잘못 들어 엉뚱하게도 정보과 형사 손에 걸려들고만 이 불운한 강도는, 나중에 본서 수사과의 조사로도 밝혀졌지만 강도행각을 위해 완전무장(?)을 하고 길을 나섰던 프로였다.

하지만 어떤 일은 아직까지도 전혀 그 배경이나 원인 같은 것을 알 수 없는, 이른바 밑도 끝도 없다고 할 수 있는 사건도 있었다. 이를테면 차고 뒤편에서 발생한 화재사건 같은 것이 그런 것이다. 여러 가지 설들이 분분했던 그 화재사건은 지금까지도 원인이 정말 우리 경찰에서 내린 결론처럼 단순 실화인지 어떤지조차 명확하지 않다.

당시 차고 뒤편 화재가 발생한 건물은 승용차 타이어

등을 엉성하게 쌓아두고 있었다. 말하자면 작은 인화 요인에도 곧 발화하여 큰 화재로 번질 가능성이 상존하고 있던 곳이라 할 수 있다. 그러므로 화재의 원인은 누군가가 무심코 던진 담뱃불일 수도 있고, 다른 어떤 것을 노린 방화일 수도 있었다.

다행히 불길은 곧 발견되어 별다른 피해는 없었지만, 내겐 이 일이 동교동과 우리 사이를 가로막고 흐르는 불신의 강을 실체적으로 보여준 것처럼 생각되었다.

그 강의 깊이와 넓이는 내가 기왕에 짐작하고 있었던 것보다도 훨씬 깊고 넓었다.

사건의 정확한 내용을 모르긴 우리 경찰도 마찬가지였다. 하지만 우리는 그래도 제반 정황을 충분히 고려한 끝에 결론을 내렸다.

'단순 실화.'

또한 그것이 옳을 것이라고 믿었다. 물론 동교동측에서 우리의 결론대로 쉽게 납득하리라고 믿었던 것은 아니지만 그러나 처음부터 우리의 말은 들으려고도 하지 않고, 조사 내용이나 결과에 관심조차 없는 모습을 보았을 때 아, 이것이 결국 이렇게 되는구나 하는 느낌을 지울 수가 없었다.

그때 내 머릿속에 한 가지 떠오른 영상이 있었는데, 한 소년이 무척 다급하게 마을로 뛰어드는 모습이었다. '늑대가 온다! 늑대가 온다!' 하고 외치며.

동교동측은 이 일을, '김 총재를 죽이기 위한 정보부의 음모' 라고 확신했던 것 같다.

형집행정지자

철저하게 외부와 단절된 채 서울대병원에 입원해 있던 김 총재는 형집행정지자의 신분으로 미국으로 건너간다. 당시 김 총재의 미국행은 극비에 붙여져서, 우리 경찰에서도 작전에 투입되었던 사람들 외엔 한참이나 지나서야 그 사실을 알게 되었다.

그날 이희호 여사는 김옥두 비서를 대동하고 병원으로 갔다. 나는 이 여사가 나가고 나서야 김 총재가 오늘 석방될 것이며, 이 여사와 함께 미국으로 가게 될 거란 사실을 동교동 측근들을 통해 들을 수 있었다.

김 총재의 도미 과정은 흡사 군사작전을 방불케 했다. 병원 주변에 둘러처진 철통 같은 경계가 평소보다도 한층 강화된 가운데, 정보부는 앰뷸런스 두 대를 동시에 발진시키는 용의주도함으로 만일의 시선에까지 신경을 써가며 김 총재 부부를 몰래 뒷문으로 빼돌렸다. 공항까지 가는 연도에는 가로등조차 꺼버렸으며, 그렇게 공항까지 호송

한 다음엔 역시 불이 꺼진 NWA 소속 항공기에 김 총재 부부를 탑승시켰다. 그런 다음에야 청주교도소 부소장이 나타나 형집행정지를 통고했다고 한다.

이때 나와 같이 근무를 하던 정보부 요원이 말하길, 김 대중 씨가 순순히 당국의 지시에 따라줬으면 벌써 풀려났 을 것이지만 당국이 제시한 모든 조건을 각서화하라든가 하는 식으로 공개적인 방식을 고집했기 때문에 더 고생하 게 된 것이라고 했다.

박정희 전대통령이 김 총재를 두려워한다고 웃었다던 전두환 씨가 왜 이렇게까지 해야만 했을까. 어쩌면 전두환 씨 자신은 박 전대통령보다 더 김 총재의 존재가 두려웠 던 것은 아니었을까.

각설하고, 김 총재 부부의 도미와 더불어 내 신상에도 당연히 변화가 왔다. 주 감시 대상인 김 총재 부부가 모두 떠났으므로 이후 나는 다른 야당 인사들을 이 사람 저 사 람 바꿔가며 감시를 맡았다.

그러기를 2년여, 1985년 2월 김 총재가 미국 생활을 청 산하고 귀국하여 다시 동교동 자택으로 돌아올 때쯤 되던 어느 날 본서에서 내게 모종의 연락이 왔다. 김 총재가 오 랜 미국 망명 생활을 마치고 귀국한다는 정보와 함께 다 시 동교동에 대한 감시계획이 진행되었는데, 거기에 참여 할 근무 요원을 선발한다는 것이다.

상사들은 다시 나를 추천하였다. 물론 오랜 동교동 근무 를 통하여 출입자 식별을 쉽게 할 수 있는데다 동교동과 관계를 맺고 있는 인사들을 빠른 시간 안에 분류해 내는 것이 용이하고, 더구나 성격이 부드러워서 충돌을 완화시킬 수 있으리란 것이 그 이유였다.

그 말을 듣자마자 나는 그 자리에서 단호하게 거절했다. 동교동은 이제 절대로 가지 않겠노라고, 무슨 이유로 그 힘든 근무를 내가 또 해야 하는 것이냐고 온몸으로 버텼다. 상사들은 특진을 시켜주겠다느니 하는 등 온갖 감언이설로 나를 꼬드겼다.

하지만 정작 내가 가지 않으려던 것은 그런 이유 때문만은 아니었다. 그보다는, 부당한 지시를 받고도 언제나 말없이 따를 수밖에 없는 나의 무력함과 용기없음, 그로부터 비롯되는 치욕감으로부터 놓여나고 싶었기 때문이었다.

하지만 정부의 지시 체계는 언제나 맹목적이다. 거기엔 이의를 제기할 여지가 전혀 없었다. 개인의 의사를 묻는 형식으로 진행되기도 하지만, 결국은 애초에 정해 놓은 방식대로 되게 마련인 것이다.

나도 결국은 그 계획에 갈대처럼 휩쓸려 동교동으로 다시 가고야 말았다. 그 부끄러운 현장으로.

당국은 찾아온 지지자들과 방문객들을 저지하며, 아예 정사복 경찰들이 상주하여 감시할 수 있도록 김 총재 자택 주변에 집까지 4채를 구입해 놓고 대대적인 준비를 마친 상태였다.

김 총재가 귀국하는 날, 공항은 물론 귀로의 연도변까지 환영나온 인파들로 인산인해를 이루었다. 그러나 당국은 차량을 비행기 앞에 대기시켰다가 거기서 막바로 김 총재를 태운 다음 당초 알려졌던 일반 도로가 아닌 우회 도로를 이용하여 귀가시켰다.

그때 나는 이미 동교동에 돌아와 있었으므로 김 총재의 귀가를 정문 앞에서 지켜볼 수 있었다. 덕택에 세계 각국으로 전파되는 외신에 내가 대문짝만하게 클로즈업되어 우리 사이에서도 한동안 화제거리가 되었는데, 이 사실을 맨 처음 전해 주던 권노갑 씨가 사진들을 직접 구해다가 보여주겠다고 말하던 생각이 난다.

김 총재는 귀국과 함께 다시 가택 연금 상태가 되었다. 이번엔 좀더 그럴 듯한 명분이 생겼는데, 그것은 김 총재가 아직 형집행정지자의 신분이라는 것이었다. 이로 인하여 당국은 김 총재가 어떠한 형태의 집회에도 참석하지 못하도록 못박아두었다.

3·1절 행사라든가 8·15행사 등 재야에서 진행하는 행사들은 미리 불법집회로 규정한 뒤, 행사 하루 전날 관할 경찰서장이 동교동에 찾아와 정보부 요원이 배석한 가운데, 그 집회는 불법집회이므로 참석한다면 환형조치하겠다고 으름장을 놓곤 하였다. 그러면 대개 김 총재는 소탈하게 웃고는,

"그렇지 않아도 나는 거기 참여할 의사가 없는데 어쩌겠소."

하고 대답하곤 하였다.

비서 중의 누군가 한 번은,

"서장을 따라온 사람이 중앙정보부 사람이지요?"

하고 내게 물었다. 그렇다고 대답을 해주자,

"그 사람이 녹음기를 차고 온 까닭에 경찰서장이 잔뜩 굳어 있더군요. 그러니 얘기도 미리 각본에 짜여진 대로 외우고 가는 것 같습디다. 아니 그래, 경찰서장이 그렇게 힘이 없습니까?"

하였다. 나는 솔직히 허세라도 부려보고 싶은 심정이었지만 이런 식의 경고가 하루 이틀 계속되는 것이 아니므로 아무 말도 할 수가 없었다. 그들이 그렇게 말할 땐 이미 눈치를 채도 벌써 오래 전에 눈치를 챘을 것이기 때문이다. 어떤 사람은,

"차라리 상부에 이렇게 보고를 하지 그래요. 그렇게 자신들이 없으시면 정권을 내놓고 물러나는 게 어떻습니까 하고."

집 주변은 다시 철통같이 통제되어 외신기자 이외엔 일체의 출입이 허용되지 않았다. 국내기자들은 처음부터 김총재의 취재는 포기한 채 바깥에서 방문객들을 취재하는 것으로 서로 경쟁을 하였다.

이때 동원된 경찰병력이 소위 사람들이 백골부대라고 부르는 경찰들이다. 우리 경찰은 이들을 통하여 출입자들을 철저히 막는 데 그치지 않고, 찾아온 인사들을 '닭장차'에 태워 난지도 쓰레기장이라든가 태릉 같은 데다 버리고 오곤 했다.

이러한 사실이 세상에 퍼져나가면서 동교동의 방문객 수는 다시 옛날처럼 급격히 감소되어 갔다. 집단 방문의 횟수도 현저히 감소되었으므로 당국에서는 장기적인 가택 연금 전략이 맞아떨어진 것으로 판단하고 배치된 거품 경

찰병력을 걷어낸 뒤 소수 정예화하였다.

윗분들이 얘기하는 걸 들어보면, 이때 전두환 씨를 비롯한 고위층에서는 방문객의 감소가 곧 김 총재에 대한 지지자들의 지지도 감소로 판단했고, 한걸음 더 나아가 이로 인해 김 총재가 매우 불안해 하고 있을 것이라며 매우 흡족해 했다고 한다.

당국은 이때쯤엔 이희호 여사가 다니는 연세대 앞 창천교회의 박춘화 목사와 김 총재가 나가는 서교성당 주임신부로 하여금 방문 예배와 방문 미사를 허용하는 선까지 물러섰는데, 귀국 초기에는 김 총재와 이희호 여사의 종교활동까지 모두 불허하고 원천봉쇄했었다.

이 무렵 이희호 여사는 좌골신경통으로 아주 고생을 했는데, 이때만큼은 우리뿐만 아니라 정보부 요원들도 한 목소리로 걱정하는 모습을 볼 수 있었다.

나는 병세의 객관적인 상태를 파악하기 위해 집으로 들어가보았다. 이 여사는 거의 인사불성이었다. 사람이 들고나는 것을 알지 못할 정도로 병세가 심각하여 뼈만 앙상하게 남은 상태였다. 나는 어떻게든 정보부 요원을 설득하여 당장에 이 여사를 치료받게 하지 못하면 정말 큰일이 날지도 모른다는 생각이 들었다.

집을 나온 나는 동료들과 정보부 요원에게 이희호 여사의 상태를 소상히 설명한 뒤, 만에 하나 우리가 이 여사를 치료조차 못하게 막아버린다면 이 여사가 사망한 뒤의 정국은 우리가 상상도 못할 정도로 엄청난 파국을 불러올 것이라고 얘기하였다. 그러자 다른 사람들도 모두 그렇게 생각한 듯 내 이야기에 동의하였다.

이희호 여사는 이때부터 시내의 약국과 병원을 돌며 치료를 시작할 수 있었고, 병세도 많이 호전되었다. 이 여사가 점점 건강을 회복해 가는 것을 보면서 무겁던 내 마음도 한층 가벼워졌다.

그러나 정국은 어수선하게 돌아가고 있었다. 여러 상황이 당국의 의도대로 전개되지는 않았다. 동교동 방문객 수의 증감에 관계없이 국민들의 의식 수준이 높아지면서 밖에서는 차츰 민주화 투쟁이 조직적으로 이루어지는 듯하더니 서서히 그 열기가 더하기 시작하였다. 결국 당국은 김 총재의 외부 출입을 허용하는 데까지 물러나는 수밖에 없었고, 이와 때를 같이하여 종교계의 반발도 거세졌으므로 김 총재는 서교성당에 가서 아침 열한시 미사에 참여할 수 있도록 허용되었다.

우리는 김 총재가 성당에 갈 때면 두세 대의 감시 차량으로 뒤를 쫓아 일거수일투족을 감시하였다. 나는 그때, 김 총재를 미행하는 우리 경찰들을 마치 이상한 벌레라도 쳐다보듯 하던 다른 신자들의 눈빛을 아직도 잊을 수 없다. 경찰이라는 직업이 그때만큼 부끄러웠던 적도 없었다.

급기야 국민들의 민주화 열기가 급속도로 번져가, 김 총재는 재야인사로 충분히 영향력을 발휘하며 정치 활동을 재개하게 되었다. 물론 미행과 감시는 어느 때도 중단된 적이 없지만, 재야인사들이 주최하는 집회가 열릴 때 일시적으로 통제를 당하는 것을 제외하고는 다른 면에서는 상당한 정도로 활동 공간이 넓어졌다. 그것이 6·10을 거쳐

6·29를 불러오고 나서는 전면개방으로 돌아섰고, 경찰과 안기부 직원들은 동교동으로부터 철수하지 않을 수 없었다.

동교동교도소의 간수는 누구?

동교동 178번지 동교동교도소.

동교동 사람들은 그곳을 그렇게 불렀다. 부를 뿐 아니라 그들 상호간에도 편제를 짜 교도소와 같은 체계를 가졌다고 한다.

하긴 교도소보다 못하면 못했지 나을 것도 없었다. 우리 경찰과 안기부는 세상의 어떤 교도관들보다 확실하고 단호하게 동교동의 간수 역할을 수행했다. 동교동 사람들에겐 가족과의 면회조차 허용하지 않았다.

동교동측과 우리는 일상적인 신경전을 계속했는데, 그들은 출입문이 이중삼중으로 철저히 봉쇄되자 주로 옥상으로 올라가 자신들의 감금 사실을 외부 세계에 알리려고 애썼다. 물론 알리는 상대는 외신기자들이었다. 그리하여 자신들의 감금 사실이 외부로 흘러나가고, 그것이 해외의 인권단체들을 움직여 청와대를 압박하기를 바란 것이다.

한편 밖에서는 또 바깥대로 연일 싸움이 계속되었다. 우리가 가택의 전면 봉쇄를 단행한 1985년 4월 10일을 시점으로 바깥에 있었던 비서들과 다른 가족들도 그때부터는 집 안으로 들어가는 것이 일체 허용되지 않았다.

여기에는 김 총재의 형제와 며느리, 손녀들까지 포함되었다. 그러므로 이들은 연일 대문 앞에 나타나 집 안으로 들어가기 위한 몸싸움을 시도하였다.

당시 골목으로 한 블록 건너에 있던 심지다방에는 매일같이 재야인사들이 모여 그들 나름의 대책을 숙의하곤 했는데, 이들도 가족들과 합세하여 연일 우리를 압박했다. 그런데 이들이 우리 경찰에겐 보통 골칫거리가 아니었다.

애초에 감금 자체가 불법이기도 했지만 설사 그것을 인정하더라도 가족들과 비서들의 출입까지 봉쇄한 것은 지나치게 무리한 처사였다. 그러다 보니 그 후유증은 고스란히 우리 경찰이 떠안아야 했다.

이후 대문 앞에서는 일상적으로 시위와 진압이 반복되었다. 이들은 한 사람 한 사람이 모두 우리가 쓰는 말로 소위 '골수'들이었으므로, 백골단을 포함하여 오백여 명이나 되는 인원이 연일 진압에 투입되어도 작은 시위대에 밀리는 경우가 허다하였다.

그들은 종종 우리의 저지선을 뚫었다. 그때마다 진입로 왼쪽의 공터는 그들의 '해방공간'이 되었다. 그곳은 약간 높은 언덕지대였으므로 그들이 거기까지 진출하고 나면 우리는 이후 그들을 막아내는 데 무척 어려움을 겪었다.

결국 우리는 상부의 지시를 받고 밤을 이용하여 시위대들이 그 공터를 이용하지 못하도록 그곳에 콘크리트로 담을 쳐버렸다.

우리는 그것으로 충분하다고 생각했다. 그리고 그 판단은 정확히 맞아들어가 이후 우리는 훨씬 우월한 병력으로 골목만 지키고 있으면 되었으므로 시위대들은 힘을 쓸 수가 없었다. 가끔 동교동 식구들이 집 뒤나 옥상에 나올 때, 콘크리트 담을 뛰어넘어와 손을 흔들곤 하는 사람들이 있었지만 그 정도야 애교로 봐줄 만한 것이었다.

그러나 안기부와 경찰 고위층에선 그것도 용납할 수가 없었던 모양이다. 그래서 또 우리는 그 담 위에 유리파편을 꽂아놓아야 했다.

이 공사도 밤을 이용해 진행했는데, 이것이 그만 외신에 보도되어 나라 망신이 되고 말았다. 무조건 힘으로 밀어붙이기만 하면 된다는 군사문화적 발상이 만들어낸 작품이었다. 결국 우리는 그 유리들을 몽땅 걷어내야만 했다.

국내외의 비판 여론이 거셌지만 전두환 씨는 한동안 꿈쩍도 하지 않았다. 마치 그는 김 총재의 연금에 사활이라도 건 듯, 이때에는 종종 외신기자들의 출입마저도 차단했다.

동교동 자택에는 안에 있는 사람이 밖으로 나오는 것은 허용되었지만 한 번 밖으로 나온 사람은 누구라도 안으로 다시 들어갈 수 없었다.

출입이 봉쇄된 것은 김 총재 부부도 마찬가지였다. 정부는 대외적으로 김 총재의 종교 활동이나 사생활에 절대 간섭하지 않겠다고 발표했지만 그것은 단지 말일 뿐이고, 실제로는 김 총재 부부 모두 성당이나 교회에 가는 것조차 용납되지 않았다.

이런 와중에 다시 한 번 나라 망신을 당하는 일이 발생했는데 그것이 바로 영국대사관 초청장 사건이다.

그 사건의 발단은 이렇다. 영국 여왕의 생일을 맞이하여 영국대사관에서는 김 총재를 초대하게 되었다. 그 초청장이 대사관으로부터 동교동에 전달되도록 되어 있었는데, 상부에서 우리에게 그 초청장을 압수해 오도록 지시를 내린 것이다.

그때 영국대사관으로부터 초청장을 건네받아 자택으로 가지고 들어가던 사람은, 조기완 씨와 더불어 유일하게 출입이 허용된 방극래 비서였다.

우리는 집 앞에서 그의 차를 세우고 초청장을 압수했는데, 이것이 영국과의 외교적인 문제로 비화되었던 것. 그 일로 영국측은 즉각 항의를 했고, 영국측으로부터 엄중한 항의를 받은 정부는 이에 두려움을 느껴 다시 초청장을 되돌려주도록 지시했다.

하지만 이런 가운데도 과잉충성하려는 사람이 있어서, 별다른 명이 있을 때까지 이 초청장이 동교동에 전달되지 못하도록 막고 있으라는 지시가 떨어졌다.

이러한 조치는 당연히 그 끝이 보이는 것이다. 우리는 12시간 후에 오히려 방극래 비서가 초청장을 김 총재에게 잘 전달할 수 있도록 그를 대사관으로부터 자택 앞까지 호위해 모셔와야 했던 것이다. 영국측의 보다 엄격한 항의가 있었을 것임은 뻔한 사실이다.

이러한 일련의 사태들을 지켜보며 우리는 전두환 씨가

끝을 향해 달려가고 있다는 것을 먼저 느낄 수 있었다.

때를 같이하여 외국의 유명인사들의 발길이 갑자기 잦아졌다. 그때마다 안기부와 우리 경찰 상부에서는 허둥지둥 어쩔 줄을 몰랐다. 그들이 돌아갈 때까지 눈에 띄지 않게 숨어 있다가 다시 나오곤 하는 일들이 반복되면서 우리는 치욕스러움까지 느꼈다.

이렇게 되자 시위대들의 기세는 더욱 양양해져, 이때부터 그들의 구호에 마치 승리를 자축하듯 만세소리가 잇따랐다. 그들은 김 총재의 연금이 풀릴 것으로 믿는 눈치였다.

사람들이 일반적으로 생각하는 것과는 달리, 우리도 어서 그렇게 되기를 빌었다. 상대적으로 기가 꺾인 채 빨리 그곳을 떠나 정상적인 근무를 할 수 있는 날이 오기를 빌었던 것이다.

6월 24일은 많은 사람들이 동교동을 찾았다. 주변 건물마다 사진기자들이 진을 치고 있었고, 김 총재는 문 앞에 나와 얼굴에 미소를 머금은 채 사방으로 손을 흔들어주곤 했다.

우리도 그 징조를 알아보았다. 드디어 밤 12시, 서장님이 직접 현장으로 나와 김 총재의 연금 해제 소식을 통보했다.

이로써 그해 김 총재에 대한 78일 간의 가택 봉쇄는 완전히 막을 내렸다.

김대중 총재의 하루

　김대중 총재는 보통 아침 다섯시 삼십분이면 일어나서 꽃을 가꾸는 것으로 하루 일과를 시작한다.

　김 총재는 꽃 하나하나의 냄새를 맡으며 입맞춤을 하듯이 정성을 들인다. 화원을 경영하는 사람들의 입을 빌리면 김 총재는 꽃박사였다.

　여기에 관하여는 재미있는 일화가 있다.

　교도소에서 김 총재를 감시하다가 오히려 김 총재의 인격에 매료되어 경호원을 자청했던 이세웅 씨가 어느 날 김 총재의 심부름으로 서초동 꽃동네에 꽃을 사러 갔다. 나는 그때 세웅 씨를 감시하며 뒤따라가야 하는 입장이었지만, 세웅 씨도 교도관 출신이므로 그러는 것이 별 의미가 없을 것 같아 아예 함께 동행키로 하였다.

　우리는 서초동에 도착하여 몇 군데의 꽃집을 헤집고 다녔다. 아무도 김 총재가 적어준 꽃의 이름조차 알아보는 사람이 없었기 때문이었다.

　그때 머릿속에 한 가지 떠오르는 생각이 있어서 나는 한 꽃집 주인에게,

　"이곳에서 제일 오래된 꽃집이 어디요? 또 제일 큰 꽃집은?"

하고 물었다.

　우리는 그 사람이 가르쳐준 꽃집으로 찾아가 주인에게 쪽지를 건네준 뒤 이런 꽃이 있느냐고 물었다. 그러자 주인은,

　"예, 있긴 있지요. 한데……."

하더니 우리를 한참이나 쳐다보는 것이었다. 그러더니,

　"이 꽃은 아무 데나 있는 게 아닌데요. 전문가가 아니면 잘 모르는 것인데……."

하며 의아해 하는 눈치였다. 나는 주인의 시선을 받고 있기가 왠지 어색하여,

　"이 꽃이름을 아는 분은 우리가 아니라 김대중 선생이라우. 실은 우리도 다른 꽃집을 모두 뒤졌는데 이름조차 아는 집이 없습디다. 그래서 내가 사람들에게 제일 오래되고 큰 집을 물어 이리 온 것이지요."

하고 농담처럼 얘기를 하였다. 주인은 그제야 그러면 그렇지 하는 듯 어깨를 한 번 으쓱하고는 아주 담담한 표정에 미소까지 띠며 말했다.

　"이곳 전체를 뒤졌어도 마찬가지였을 겁니다. 여기서 나만큼 꽃을 아는 사람은 없을 테니까요."

　그 꽃집 주인과의 대화를 통하여 나는 김 총재의 꽃에 대한 지식이 어쩌다 우연히 알게 된 것도, 하루 아침에 이

루어진 것도 아님을 알 수 있었다.

　김 총재가 감옥 안에서도 정성껏 꽃을 가꾸었다는 사실은 널리 알려진 사실이다.

　"운동하러 뜰에 나가면 국화가 한창인데 전부 노란색의 것뿐입니다. 내가 돌봐 준 화단의 꽃들은 열심히 가꾸어 준 보람이 있어서 피기도 훨씬 싱그러웠지만 견디는 것도 다른 데 비해서 거의 한 달을 더 견디어 주어서 대견하고 고마운 마음입니다. 꽃을 손볼 때마다 집의 화단 가꾸던 일을 생각합니다. 당신이 꽃들의 소식을 전할 때마다 눈에 선합니다. 그리움도 사무칩니다."

　김 총재가 교도소에서 이 여사 앞으로 보낸 편지의 한 구절이다.

　평소 꽃을 사랑하는 김 총재답게 교도소 운동하는 마당 한쪽에 팽개쳐진 꽃밭을 그냥 지나치지 않고 가꾸고, 스스로 탐스럽게 피워낸 꽃을 바라보며 집에 두고온 꽃들과 사랑하는 가족을 그리는 김 총재의 마음이 가슴 뭉클하게 전해져 온다.

　국화 하면 먼저 떠오르는 것은 끈질긴 생명력이다. 그런 국화꽃이 김 총재에게는 자신의 처지와 비교되어 특별한 의미로 받아들여졌던 것은 아니었을까. 자신의 정성이 깃들어서 다른 화단의 꽃보다 더 오래 꽃망울을 간직하는 꽃들을 바라보며, 한치 앞도 보이지 않던 그 암흑의 시절을 좌절하지 않고, 다시 그 꽃들처럼 피어나고픈 희망을 키우지나 않았을까. 지금 이 글을 쓰는 순간에도 그때 김 총재가 꽃들을 바라보며 가졌을 느낌이 그대로 전해져 오는 것만 같다.

죄인 아닌 죄인으로 교도소의 철창 안에 갇혀 있으면서도 소중한 꿈을 키우듯 꽃을 가꾸었던 김 총재는 부인인 이희호 여사의 59회 생일이었던 1982년 9월 23일에 이런 내용의 편지를 써서 보냈다.

"어떤 심리학자는 인간이건 동물이나 초목이건 사랑한다는 것은 생명을 주는 것이라고 말했습니다. 생명을 준다는 것은 상대의 진정한 성장을 도운다는 의미이겠지요. 꽃을 가꾸다 보면 자주 그 말이 생각납니다. 사실 꽃이나 농작물은 공장의 기계 생산과 달라 돌보는 사람의 태도가 결정적 영향을 줍니다. 그것은 어머니가 어린애를 키우는 것 같은 정성과 사랑이 바탕하는 하나의 창조 사업이기 때문일 것입니다."

김 총재가 어떤 정치적인 입장을 가지고 있고, 어떤 위치에 있느냐와는 관계없이, 나는 김 총재의 사는 모습을 보고 삶의 폭이 대단히 넓고 깊이가 있다고 생각해 왔는데, 김 총재의 '옥중서신'을 읽으면서 다시 한 번 그것을 느끼게 되었다.

모름지기 인생살이라는 게 그래야 되지 않겠나 싶어 내 자신을 뒤돌아본 적이 한두 번이 아니었는데, 그때마다 김 총재에 대한 부러움이 내 가슴을 채웠다.

꽃 얘기를 하다 보니 강아지 얘기를 빼놓을 수 없게 된다. 김 총재의 세 가지 기쁨이며 벗은 책과 꽃과 동물이라고 한다. 물론 유별난 가족사랑은 빼고 말이다. 김 총재는 동물 중에서는 유독 강아지를 좋아한다.

이를 아는 지지자 한 사람이 오래 전부터 자택에서 키울 수 있도록 개를 보내주기도 했지만, 한 번은 김종완 전 의원이 치와와를 가져온 적이 있었다.

김 총재는 이 치와와를 늘 애지중지하며 재롱을 즐겼다.

그런데 그만 하루는 김 총재가 외출한 사이에 이 치와와의 다리가 부러졌다. 이때 한 번씩 들러 강아지를 돌봐주곤 하던 송창달이란 사람이 이 사실을 알고는, 유달리 정이 많은 김 총재가 이 모습을 보면 얼마나 상심할까 하는 생각에, 고심 끝에 고르고 골라 형태와 색깔 등 모든 면에서 똑같은 치와와를 한 마리 구해다가 살짝 바꿔놓았다.

그러나 김 총재는 외출에서 돌아오자마자 단박에 그 사실을 알아차렸다. 그리고 이미 바뀌어 없어진 강아지의 부러진 다리에 대해 무척 안타까워했다.

이야기가 잠시 옆으로 빗나갔는데, 하여튼 김 총재는 늘 아침엔 꽃을 살피는 것으로 하루를 시작했다. 이 습관은 항상 정확하여 동교동 집을 새로 짓기 위해 서대문구 창천동 소재 임춘원 전의원의 소유주택 2층으로 잠시 이사를 했을 때에도 어김이 없었다.

그리고 보통 일곱시에서 여덟시 사이에 아침식사를 한 후 그날 손님들을 접대한다. 하루 종일 만나고 접대하는 인사가 줄잡아 많을 때는 600명선, 적을 때에도 200명 정도는 되었다.

그 많은 사람을 만나고 나서도 그의 2층 서재에서는 매일 어김없이 한시가 되어서야 불이 꺼졌다. 김 총재는 그만큼 책읽기를 좋아했고, 독서량은 실로 엄청나서 평균 일주일에 12권 정도는 읽는 것으로 알고 있었다.

나는 김 총재가 미국에 있을 때 다른 정치인들도 상대해 보았지만, 애석하게도 그들 중 누구도 김 총재처럼 책을 읽거나 연구하는 자세를 보지 못했다.

그런데도 지금까지 우리나라 언론은 김 총재를 비난하고 헐뜯는 데는 경쟁적으로 열을 올렸지만 널리 알려서 서로 본받을 만한 것은 애써 외면하고 무시하기 일쑤였다. 누구를 비판하려면 그 사람의 장점과 단점에 모두 공평한 눈길을 주어야 하지 않을까.

하긴 그들이 단점이라고 집어내는 것도 역대 정권에 의해 잘못 알려지거나 과장되고 왜곡된 것들이 대부분이지만.

나는 정치를 잘 모른다. 그래서 특별히 김 총재를 칭송하거나 비난할 생각은 없다. 하지만 내가 단순해서 그런지 몰라도 사실을 왜곡하는 것만큼은 좀처럼 내 안에서 용납이 안 되었다.

김 총재의 하루 일과는 특별히 강연이나 연설 스케줄이 잡히지 않는 한 거의 위와 같이 일정했다. 간혹 보이는 김 총재의 습관 중에서 한 가지 특이한 것이 있다면, 어쩌다 손님들이 찾아오지 않는 빈 시간이면 집 안에 날아다니는 파리를 잡는 데 무척 정성을 쏟는다는 점이다. 그것도 아주 진지한 모습으로.

아마 감옥에 있을 때 생긴 버릇인 듯했는데, 가택 연금으로 외부인과의 접촉이 일체 봉쇄당했을 때도 그는 아주

열심히 파리를 잡았다. 나는 그 모습을 볼 때마다 왠지 우
리의 정치 현실이 너무 서글퍼 우울한 상념에 빠지곤 했
다.

동교동의 아들들

김 총재는 3공화국 박정희 정권으로부터 시작하여 5공화국 때까지 투옥과 연금이 반복되는 지리하고 고난에 찬 세월을 살아왔지만, 그중에서도 가장 참혹한 시절은 아마 5공 시절이었을 것이다.

청출어람이라는 비유가 적절할는지는 모르지만, 내가 보기에 전두환 정권은 정말 청출어람이라고 할 수 있었다. 박 정권의 요직을 거치며 배운 솜씨가 박 정권을 훨씬 능가하고도 남았던 것이다.

전 정권은 김 총재가 미국에서 귀국한 뒤 백골단을 비롯한 전경 사오백 명을 차출하여 동교동 주변을 에워싸게 하는 한편 김대중 총재의 목조르기를 다각적으로 운영하였다.

그 사례들은 일반인의 상식으로서는 도저히 이해할 수 없는 가혹 행위였다. 물론 사형선고라든가 감옥에 보내는 것은 그렇다고 하더라도 김 총재에 대한 가택 연금을 시

작으로 가족 연금, 비서진 연금은 물론 심지어 가정부까지
연금을 하였는가 하면, 종교 행위를 불허하고 식생활에 필
요한 생필품 반입까지 불허하였다. 거기에 생계비를 반입
하는 것도 불허하였다.

생필품까지도 반입하지 말라는 것은 굶어죽으라는 것이
아니냐고 내가 좀 강경하게 반문한 적이 있었다. 그러자
안기부 요원들은 더 이상은 두 말도 할 수 없게, 그러든
말든 그 책임을 이 형사에게 지라고 하지 않을 터이니 지
시대로 따르라는 것이었다. 나는 내심 인간적인 회의가 들
었으나 이에 대해 항거하지는 못했다. 용기 없는 내 자신
이 비참하게 느껴졌지만 어떻게 할 수 있는 상황은 아니
었다.

이렇게 철저하게 외부와 차단된 생활을 하다 보니 동교
동의 가정 경제는 말이 아니었다. 그때 맏아들 홍일 씨가
신촌에 갈비집을 차린 것도 최소한의 생활을 위한 것이었
다.

하지만 당국의 의도가 본래 경제적인 압박을 통하여 동
교동측의 굴복을 받아내려는 데 있었던 만큼, 아들이 벌어
오는 생활비조차 집안에 들일 수는 없었다.

한번은 홍일 씨가 생활비 이백만 원을 집안으로 반입하
려다 제지를 당했다. 집안의 어려운 형편을 잘 아는 홍일
씨는 하는 수 없이 나와 교대근무를 하던 동료에게 간절
히 부탁을 했다. 하지만 그 역시 어려움을 느껴 이 일은
나에게 건너오게 되었다.

나도 정보과 형사이기 이전에 한 인간이다. 당국의 의도

가 무엇이었든 간에, 이런 비인간적인 행위는 도저히 보고 있기가 괴롭던 참이어서 그 돈을 받아 몰래 김종선 비서에게 전달해 주었다. 당시 동교동측에서는 이럴 바에야 차라리 감옥이 낫다고 모두 감옥으로 보내달라고 항의하곤 했다.

맏아들로서 동분서주하던 홍일 씨는 이미 사회 활동을 하는 성인이었으므로 내 관심은 보다 어린 둘째 홍업 씨와 셋째 홍걸 씨에게 더 쏠렸다. 나도 비슷한 또래의 자식을 키우는 아버지였기 때문이다.

둘째 홍업 씨는 정말 잘생긴 청년이었다. 얼굴도 남자답게 생겼지만 심성이 착하고 효성이 지극했다. 그래서 드나드는 모든 사람이 그를 좋아했다.

하지만 그는 아버지에게 가해지는 탄압으로 말미암아 그 자신 한창 피가 끓을 나이에 사랑하는 애인과 생이별을 당하는 고통을 받고 있었다. 매일 만나도 시원찮을 나이에 차라리 없다면 모를까, 더구나 이유라는 것이 너무나 터무니없는 것이었으니 얼마나 답답했겠는가. 옆에서 감시하는 사람이 딱해서 오히려 그를 쳐다보기가 민망했다.

그래도 그는 그런 점을 좀체로 드러내놓고 아파하는 법이 없었다. 그는 자신을 잘 다스리는 청년이었을 뿐만 아니라, 비록 상대방이 자신들에게 고통을 주는 사람들일지라도 충분히 그 사람들까지 배려할 줄 아는 젊은이였다.

한 번은 홍업 씨와 함께 김 총재가 일 주일 동안 읽을 노동 관계 전문서적을 사러 종로로 나간 적이 있었다. 함께라고는 하지만 당연히 나는 불청객이었다. 그를 감시하러 따라가는 입장이었으니.

그런데도 그는 종로에 도착하자 내게 이렇게 말을 하는 것이었다.

"나이 드신 분을 이렇게 따라다니게 해서 제가 부담도 되고 참 어렵습니다. 어디 다방에 가서 편히 앉아 계시면 제가 책을 다 산 후 그 다방으로 찾아가도록 하겠습니다."

감시를 하는 사람의 입장에서는 참으로 어림 반푼어치도 없는 얘기일 뿐 아니라 어처구니가 없어서 실소가 나올 지경이었지만, 나는 그 순진한 홍업 씨 말에 더는 따라가야겠노라고 우길 용기를 잃고 말았다. 하는 수 없이 그를 한번 믿어보는 수밖에 없다고 생각하고 근처 다방에 자리를 잡고 앉았다. 하지만 마음이 그리 편했던 것은 아니었다. 엉덩이가 근질근질했다.

그런데 시간이 한 삼십 분 정도 지나자 홍업 씨는 어김없이 그 자리로 돌아왔다. 책 열두 권을 테이블 위에 내려놓은 뒤 내가 확인하기 쉽도록 산 책들의 이름과 저자 등을 적은 종이쪽지를 나에게 건네주었다. 그러면서 한번 맞나 확인을 해보라는 것이었다.

나는 확인은커녕 그 종이쪽지를 건네받아 품속에 갈무리하는 것만으로도 민망하여 그냥 고개를 푹 숙인 채 그의 뒤를 졸졸 따라 돌아올 수밖에 없었다.

그 무렵 셋째 홍걸 씨는 중학교를 거쳐 고등학교에 들어갈 나이였다. 나이도 나이지만 막내라서 한창 부모의 사랑을 담뿍 받고 자랄 때인데, 그런 불행들이 겹쳤으니 오죽 견디기 힘들었겠는가.

지금도 이 글을 쓰고 있자니, 교모를 푹 눌러쓰고 책가방은 땅에 닿을 정도로 질질 끌며 어정어정 귀가하던 모습이 눈앞에 선해, 어른으로서 참으로 못할 짓을 했다는 생각이 든다.

부모님을 닮아 언제나 옷은 단정하게 차려입는 그였지만 사춘기의 어린 소년으로 주위의 시선이 부담스러웠던지 늘 어깨가 축 처져 있었다. 나는 주제넘게도 등이라도 한번 두드려주고 싶은 마음이 들었던 게 한두 번이 아니었다.

그러다가 그러한 환경에서도 홍걸 씨가 고대 불문과에 응시하여 합격했다는 소식을 들었을 땐 곁에 있는 다른 안기부 요원들의 눈치도 보지 않고,

"그래, 잘했구나. 잘했어. 네가 정말 효자다."
하고 정말로 등을 두드려주었다. 마치 내 자식이 합격이라도 한 것처럼 기뻤다.

14대 대선을 마치고 김 총재가 모든 정치 일선에서 물러나겠다는 기자회견을 하였을 때 내 심정은 뭐라고 말을 할 수 없을 정도로 착잡하였다. 그래서 인사라도 드리려고 동교동을 찾은 적이 있다.

그때 김 총재는 집에 계시지 않고 이희호 여사와 방극래 비서만이 집을 지키고 있었다. 이희호 여사는 나를 마치 이웃집에 오래 살던 사람처럼 반갑게 맞아주었다.

"이 형사님, 오랜만이에요. 그 동안 어떻게 지냈어요?"
내가 두 딸애들이 이제 다 커서 직장엘 다니고, 막내아

들이 대학을 다니고 있다고 말씀드렸더니,

"아이구, 이 형사님도 할 일 다 하셨네."

하셨다. 이어서,

"진급은 어떻게 되었어요?"

하고 묻자 곁에 있던 방극래 비서가,

"이 형사는 우리집 때문에 오히려 피해를 입은 사람입니다."

하고 말씀드렸다.

"그래요? 우리집을 감시하던 사람들은 모두 영전되어 간 걸로 알고 있는데……."

이희호 여사의 말은 사실이었다. 동교동엔 늘 고위층의 시선이 집중되어 있었던 만큼 그곳에서 근무하는 사람들은 시쳇말로 위세는 엄청났지만, 또한 손톱만큼의 실수라도 있었을 때는 그만큼 커다란 파고를 일으켰다. 그러니 나 같은 허점투성이 경찰관이 제대로 된 대접을 받을 수 있었겠는가.

그러나 손가락질받는 권력의 악역이나 떠맡고 흔히 애기하는 출세도 하지 못했지만 한 가지 다행스런 일은, 그 참담한 고난의 와중에서도 바르게 성장한 김 총재의 아들들처럼 내 자식들 역시 반듯하게 자라줬다는 점이다. 할 일 제대로 못한 부끄러운 아버지로서 애들이 그저 고마울 뿐이다.

양동이에 담긴 정성

동교동에 대한 철통 같은 통제가 계속되다 보니 사람들은 동교동 자택 밖에 제2의 자택을 만들어놓고 그곳을 회의장소로, 또는 연락장소로 이용하기 시작했다. 그곳이 바로 앞에서도 몇 번 말한 바 있는 심지다방이었다.

사람들은 여기서 김 총재 자택으로 통화도 하고 비서들을 만나 얘기를 나누기도 했으며 후원물품을 전달하기도 했다. 그때 당국은 봉쇄의 실질적인 효과를 거두지 못하게 되자 비서들을 비롯한 동교동 가족들의 출입까지도 봉쇄하는 조치를 취하여 출입자를 방극래, 조기완 두 비서로 제한하고 있었다.

이곳을 찾던 사람 중에 특히 내 기억에 남는 사람이 목포에 산다던 김상옥 씨이다. 상옥 씨는 정치에는 관심이 없지만 개인적으로 김 총재를 존경해서 자신이 해드릴 수 있는 일이면 무엇이든지 하고 싶어서 찾아온다고 했다.

그는 살아 있는 해산물을 싱싱한 채로 김 총재에게 전

달하기 위해 목포에서부터 산낙지 등을 양동이에 넣은 뒤 바닷물을 채워 동교동으로 달려왔다. 그렇게 하기를 일 주일이 멀다 할 지경이었다. 그의 정성에는 우리들뿐만 아니라 안기부 요원들까지도 감탄해 마지않았다.

그런가 하면 어떤 사람은 꼬깃꼬깃한 만 원짜리 한 장을 가져와서는 그것만 불쑥 내밀기가 민망했는지, 근처 구멍가게에서 천 원 짜리 열 장으로 바꾸어 봉투에 정성껏 담아가지고 전달하는 것이었다. 조사해 본 결과, 그는 자신도 살기가 어려우면서 경제적으로도 봉쇄되어 있는 동교동에 무엇인가를 해주어야 한다는 생각으로 찾아왔던 것이다.

이런 사람들은 의외로 많았다. 어떤 때는 내가 근무하는 복덕방으로 찾아와, 정말 내가 중개업자인 줄 알고 나에게 환전을 부탁하는 사람도 있었다. 그렇다고 거절할 이유도 없는 만큼 돈을 바꿔준 적도 여러 번 있었는데, 이들 시골에서 올라온 순박한 지지자들은 도시의 유명인사들과는 달리 안기부나 우리의 세련된 협박이 도대체 먹혀들지 않았다. 오히려 우리의 정체를 알고 나면 눈을 부라리며 노골적으로 적의를 드러내기도 해서 서슬퍼런 안기부 요원들까지 쩔쩔매곤 했다. 그러다 보니 자연히 우리가 일을 하는 데에도 그만큼 어려움이 있었다.

그러나 우리는 이들이 다방에서 나오거나 들어갈 때 중간쯤까지 따라가서는 일일이 검색을 한 뒤 보내주곤 했다. 안기부의 검색은 검색보다 주 목적이 동교동을 외부와 차단하여 고립시키는 데 있었던 만큼 다분히 위협적이었지

만, 우리는 주로 동교동의 일정을 알아내기 위한 검문을
실시했다. 이희호 여사의 하루 일정이라든가, 혹은 외국인
사들이 찾아왔을 때 그 대담 내용을 확인하기 위한 것 등
등.

이것은 매일매일 기록되어 상부로 보고되었다.

이런 와중에 인상적인 해프닝이 하나 발생했는데 바로
케이크 사건이다. 동교동으로 전달되어야 할 후원 물품들
의 반입이 제재를 받자 사람들은 금방 아이디어를 하나
생각해 냈는데, 그것은 바로 케이크 상자였다. 그들은 케
이크 상자 속에 봉투를 넣은 다음 외부출입이 허용된 방
극래, 조기완 두 비서를 통하여 이를 안으로 전달하기 시
작했다.

이때 그 일로 하여 우리보다도 오히려 동교동 경호팀이
아주 난처한 입장에 빠지게 되었다. 경호팀은 김 총재의
모든 경호를 책임지고 있는 만큼 혹시 폭발물이나 위험물
질이 들어 있는지 확인해 보는 차원에서라도 반드시 상자
를 개봉해 보아야 할 입장이었다.

그러나 비서진의 생각은 달랐다. 이들 지지자들이 정성
껏 마련한 봉투를 적든 많든 공개한다는 것은 자존심에
관계된 문제라는 것이 그 이유였다.

결국 이 논쟁에서는 공개해서는 안 된다는 비서진의 애
기가 우세하여 이후에도 공개하지 않은 채 반입이 되었다.
다행히도 그로 인한 불행한 일은 없었다.

그즈음 동교동은 다른 모든 수단이 통제되어 있었으므
로 이들 가난한 후원자들의 지원이 생계를 꾸려나가는 데

거의 유일한 수단이었다고 해도 과언이 아니었다.

동교동과 상도동

　야당 시절 김대중 총재와 경쟁자이기도 하고 때로는 협력자이기도 했던 김영삼 현 대통령에 대한 당시 정권들의 태도는 김 총재의 그것과는 같은 것 같으면서도 많이 달랐다.

　두 사람 모두 권력으로부터 견제당하고 탄압받았지만 김대중 총재가 당한 고통은 김영삼 씨가 당한 것과는 비교가 되지 않았다. 한 정치인으로는 더 이상 당할 수 없을 만큼 당한 김 총재의 고난사는 여기서 새삼 거론할 필요도 없을 것이다.

　그런데 우리는 두 사람의 그러한 차이를, 임무를 수행하는 과정에서 느끼곤 했다.

　연금이 해제되고 난 후 김 총재는 강남, 혹은 벽제에 있는 늘봄농원이나 남산의 외교구락부 등에서 김 대통령과 자주 회동을 했다. 그럴 때 김 총재측에서는 미행, 감시하는 안기부 요원들과 우리 경찰들의 식대를 대신 내주곤 했는데, 이때 상도동측 우리 동료 경찰들의 말을 들어보면 그들은 식대를 직접 돈으로 받는다고 했다.

지금이야 듣는 이들이 뭘 그런 걸 가지고, 하며 별일 아니라고 간단히 생각할 수도 있겠지만, 당시 정치 상황에서 이것은 우리에게 매우 민감한 문제였다.

뒤집어서 생각해 보자. 만일 우리가 동교동측에서 식대를 돈으로 받았다면 어떻게 되었겠는가.

이 사건은 아마 금방 부풀려져 김 총재가 기관원들을 매수하려고 했다고 선전되어질 것이고, 우리도 그에 합당한 문책을 받을 것은 불을 보듯 뻔한 일이었다.

그러나 감시 자체가 불법인데다 식대 내주는 정도를 가지고 시비삼기는 좀 어정쩡한 문제였다. 사실 이 밥값조차도 안기부 요원들은 몹시 거북해 하여, 내가 먹는 것까지 시비를 삼을 필요는 없지 않느냐고 설득을 했던 적이 있기도 하지만…….

앞에서 이야기한 것처럼, 정문 앞에서 대치하고 있을 때 종종 이희호 여사가 커피를 끓여오곤 했는데, 이는 우리들에 대한 이희호 여사의 배려였다. 잘못이야 높은 데서 이런 일을 시킨 사람들에게 있지, 공무원으로서 상사의 지시를 받고 시키는 대로 일을 하고 있는 당신들이야 무슨 죄가 있겠느냔 것이다.

하지만 안기부 요원들이 커피는 물론이고 이희호 여사가 나누어 먹으라고 보낸 과일까지 일일이 수거해서 되돌려보내곤 했던 것은 그것을 그대로 받았다간 최소한 문책이나 징계가 따를 것이 뻔했기 때문이다.

하지만 상도동측 우리 동료들이나 안기부 요원들은 이런 것쯤은 아무렇지도 않게 생각했다. 그만큼 상도동의 감시는 동교동에 비해 느슨했고 덜 억압적이었다. 감시하는 사람들 또한 위에서 받는 압박감이 그만큼 적었던 것이다. 동교동에 한창 찬바람이 몰아쳐 비서들이 '싹쓸이' 당할 때 우리 경찰들 사이에서는, '김영삼 비서는 국회로, 김대중 비서는 감옥으로'라는 말이 유행하기도 했다.

당시 이러한 차이는 한마디로 동교동과 상도동 두 진영을 바라보는 군사정권의 입장 차이에서 비롯되었다고 할 수 있다.

여담 한마디. 그때 우리는 미행하고 감시하는 입장이면서도 불과 몇 명이서 김 총재 일행 전체가 회담하면서 먹는 식대의 두 배 정도를 먹어치워 넉넉하지 못한 김 총재의 호주머니를 축내곤 했다. 미안하게도.

동교동 주민들

　정치적 격동기였던 4·5공 시절의 마포구 동교동 178-1
번지 김대중 총재의 자택 주변은 언제나 그야말로 살얼음
판과 마찬가지의 긴장이 감돌았다. 하루가 멀다 하고 통행
이 통제되었는데, 그러한 통제는 김 총재가 가택 연금이
된 상태에서도 또 감옥에 가 있어도 마찬가지였다.
　김 총재는 물론 장남 홍일 씨와 차남 홍업 씨 그리고 비
서 거의 대부분이 감옥을 들락거리면서 감시를 당하는 판
이라 이 과정에서 동교동 주민들에게 가해진 통제는 이루
말할 수 없을 정도였다.
　자신의 집을 들고 나는데도 검문을 당했고, 외부에서 손
님이 올 때면 미리 나가서 검문을 받고 사정을 설명하는
진풍경이 벌어졌다. 이런 일이 동교동 주민들에겐 아무리
자연스런(?) 일이었다 해도 불편한 게 이만저만이 아니었
다.
　한밤중에 응급환자가 발생할 경우 가까운 병원에 제때

한번 가기가 쉽지 않았고, 즐거운 일이 있어도 잔치나 모임 한번 마음놓고 가질 수 없었다.

그러나 이런 것은 참을 수 있다고 치자. 동교동 주민들이 정말 참기 힘들었던 것은 이사를 가야 할 형편이 되었는데도 이사를 갈 수 없었다는 사실이었다.

물론 누가 강제로 못 가게 한 것은 아니었다.

동교동은 이미 전국적으로 소문이 나서, 집을 팔고 이사를 가려 해도 누가 집을 사러 오기는커녕 전세를 얻어 이사오려는 사람조차 아무도 없었기 때문이다. 당연히 땅값이며 집값은 밑바닥을 벗어나지 못했다.

부득이한 형편으로 집을 팔아야 할 사람, 혹은 지방으로 발령이 나 당장 이사를 가야 할 사람들이 방을 빼지 못해 발을 동동 구르던 것을 나는 내 근무지인 복덕방에 앉아서 수도 없이 봐야만 했다.

경제적인 손실뿐만 아니라 거주 이전의 자유마저 빼앗긴 사람들, 그 사람들은 자신들을 동교동형무소의 죄수라고까지 서슴없이 말하기도 했었다.

물론 그 당시야 아무리 불편하고 고통스럽다 할지라도 어디 가서 마음놓고 항의 한번 못하던 시절이었다. 그렇지만 늘상 마주 대하는 우리들은 낯이 익은지라 '경찰이 잡으라는 도둑은 안 잡고 엉뚱한 데 와서 양민들의 목구멍만 죄고 있으니 나라가 잘 되겠느냐'고 푸념하듯 하소연하는 사람도 있었다. 그나마 이런 정도라도 이야기할 수 있는 사람은 일반 주민들이었다. 주변에는 판사, 변호사, 공무원 등도 살고 있었는데, 이들은 항의 한마디 하지 못하고 살았다.

주민들의 이런 고통을 김 총재 부부도 잘 알고 있었다. 그래서인지 명절 때가 되면 조그마한 선물을 마련하여 적은 성의나마 표하려고 여러 번 시도했지만 번번히 좌절되곤 했다.

사실, 그 모든 일을 지켜보는 우리들의 마음도 편치 않았다. 실무자들인 우리가 주민 통제를 하고 있기는 했지만, 우리는 명령을 따르는 입장에서 다른 방법을 생각할 수 없었다. 옷을 벗지 않는 한은…….

그래서 인간적으로는 김 총재 부부가 자그마한 선물이라도 돌리려는 것을 막고 싶지 않았지만, 상부의 명령을 거스리지는 못했다.

어쨌든 김 총재는 김영삼 정권이 들어선 뒤에야 동교동 주민 100여 명을 서교호텔 별관에 초청하여 저녁식사를 대접할 수 있었다.

본의 아니게 불편과 고통을 드렸던 과거를 사과하면서.

암 선고와 투병

동교동 자택이 재건축을 하는 관계로 김 총재가 창천동 임춘원 의원의 저택에서 임시 거주를 할 때였다. 당연히 우리도 그쪽에 임시초소를 지어놓고 옮겨왔던 참이다.

그해 여름은 유난히 더웠다. 용광로 같은 해가 조그만 임시초소를 옥죄어 아무리 선풍기를 돌려봐도 숨이 턱턱 막히는 뜨거운 바람만 일 뿐이었다.

그날도 날씨가 몹시 더웠다. 나는 입이 바짝바짝 타들어 가는 느낌이 들어 퉤, 하고 침을 뱉었다. 그랬더니 탁한 가래에 피가 묻어나왔다. 몇 번을 뱉어보아도 마찬가지였다.

처음엔 워낙 찌는 듯한 폭염에 몸도 안 좋은 터라 잠시 그러다 말려니 했으나, 그것이 한두 번도 아니고 계속 이어지자 나는 은근히 겁도 나고 이상한 생각이 들었다. 그래서 주변에 있는 이비인후과를 찾아 진찰을 받아보았다. 그랬더니 병원의 진찰 결과는 비후성이니 걱정 말라는 것이었다.

　나도 마음속으로 그러면 그렇지, 역시 폭염에다가 열악한 근무 조건에 과로를 한 탓일 거야 하고 지나쳤다.

　그러나 웬일인지 가래에 피가 섞여나오는 증상은 좀처럼 멎을 줄을 몰랐다. 그렇게 한 3개월이 지났을 무렵이었다. 이번엔 코와 입 사이가 거북해서 숨을 안으로 몰아들였더니 이상한 이물질이 달려 올라왔다. 아스팔트 바닥에 뱉어 문질러보아도 데굴데굴 구르기만 할 뿐 문질러지지 않는 덩어리였다.

　그제야 더럭 겁이 났다. 그래서 재차 그 병원에 가서 진찰을 받아보았으나 역시 비후성이라는 진단이 내려졌을 뿐이었다.

　나는 의사의 진찰 결과를 그대로 믿을 수밖에 없었다. 그 병원은 또한 주변에서 꽤나 잘 본다고 소문이 난 곳이기도 했던 것이다.

　그런데 매일 큰 콩알만한 이물질이 며칠을 계속해서 나오더니 마침내는 코피가 줄줄 흘렀고 귀가 안 들리기 시작했다. 이번에는 정말 안 되겠다 싶었다. 혹시 모르니 큰 병원으로 한번 가봐야겠다고 생각했다. 그래서 찾아간 곳이 연세대학교 부설 신촌 세브란스 병원이다.

　세브란스 병원에서는 진료 방법부터가 달랐다.

　우선 시술 의사는 내 양 콧구멍으로 가느다란 호스를 집어넣어서 입으로 뽑아내었다. 그런 후에 양쪽의 줄을 각각 밖으로 묶더니 작은 반사경을 이용하여 내부의 환부를 찾아냈다. 또한 환부의 조직 일부를 떼어내어 조직검사에

들어간다고 했으며, 담당의사는 2주 후에 결과를 보러 오
라고 했다.

그 동안에도 코와 귀의 증세는 계속되어 불편하기가 이
루 말할 수 없었다. 그렇지만 이번엔 무언가 좀더 과학적
이고 복잡한 검사를 했으니 믿을 만한 결과가 나올 것이
고 그에 따라 곧 치료도 받을 수 있으려니 하는 기대도
가졌다.

약속대로 2주 후 담당의사를 찾아갔더니, 그는 내겐 아
무 말도 하지 않고 CT 검사 등 십여 가지 검사에 관한
서류를 작성하기 시작했다. 궁금증을 못 이긴 내가,

"도대체 병명이 뭡니까?"
하고 물었더니 의사는,

"악성종양이에요."
하고 짧게 대답하고는 이내 자신의 일에 묻혀버렸다.

그러나 그것은 내게 있어서 청천벽력과도 같은 소리였
다. 악성종양이라니. 그럼 혹시?

"암인가요?"
하고 물으니 의사는 이번에도,

"그렇지요."
하고 간단하게 대답할 뿐이었다.

나는 아찔하면서 팔다리가 부들부들 떨렸다. 의사는 그
런 내 태도에는 손톱만큼의 주의도 기울이지 않은 채 작
성한 서류들을 나에게 넘겨주면서,

"검사받을 서류들이니 해당 진료창구에 가서 제출하세
요."

했다.

나는 그의 너무도 태연한 태도에 한편으론 화도 났지만 다른 한편으론 내가 다른 사람들에 비해 너무 과도한 반응을 보이는 건가 하는 생각이 들어 정신없이 그 자리를 빠져나와 서류를 접수하고는 집으로 돌아왔다.

어떻게 집으로 돌아왔는지도 모른다. 그야말로 마른 하늘에 날벼락이 떨어져도 이렇듯 기가 막히고 놀라지는 않았을 것이다.

마음이 다소간 진정이 되자 나는 눈물보다 착잡한 마음이 앞섰다. 죽음을 앞에 둔 사람은 어떻게 마음을 정리해야 하는가. 처자식을 위해서 표정관리는 또 어떻게 해야 하나.

마음속으로 또 다른 갈등이 솟구쳤다. 그러자 비로소 눈물이 두 볼을 타고 흘러내리기 시작했다. 나중에 안 애기지만 내 처와 당시 연대 수학과에 다니고 있던 큰 딸은 또 내가 안 보는 데서 그렇게 눈물을 주룩주룩 쏟곤 했다는 것이다.

그러나 사람은 역경에 부딪치면 오히려 강인해지는 법인가. 시간이 조금 지나자 의외로 마음이 차분하게 가라앉았고, 주위를 이제까지와는 다른 좀더 깊이 있는 눈으로 바라보게 되었다.

'내가 비록 곧 죽는다 하더라도 사는 날까진 열심히 살리라.'

이러한 다짐과 함께 말과 행동 또한 평소의 생활 태도를 벗어나서는 안 될 것이라고 굳게 다짐했다. 내가 의연하지 못하면 아내와 아이들은 죽음을 눈앞에 둔 남편과 아버지 앞에서 또 얼마나 힘들고 상심할 것인가.

아내는 아직 제 앞가림도 못하는 두 딸과 아들을 데리고 어떻게 살아가야 할까. 나는 죽지 않는다. 아니, 죽어선 안 된다. 기필코 살아나고 말리라. 그리하여 아내와 자식들에게 용기와 희망을 주리라.

나는 이렇게 마음을 다져먹고 세브란스 병원 이비인후과 과장이자 주치의이신 홍원표 박사의 지시에 따라 입원 수속을 밟게 되었다. 그리고 입원실은 독방으로 선택하였다. 주변을 의식하지 않고 가족간에 충분한 교감을 나누기 위함이었다.

그러나 그것은 생각처럼 되지 않았다. 내 예상보다도 훨씬 많은 사람들이 매일 나를 찾아준 것이다.

모두 고마운 분들이지만 사실 그때만큼은 병문안이 그렇게 반가웠던 건 아니었다. 하루 종일 병문안 오는 사람들을 접대하다가 오히려 더욱 지쳐버리곤 했다. 그렇다고 따뜻한 마음으로 찾아주는 분들에게 결례를 할 수도 없었다.

나는 입원하여 1차 치료로 항암주사를 맞았다. 항암주사는 링거액을 맞는 것처럼 몇 시간 동안 맞게 되는데, 그 주사가 계속되는 동안은 견디기가 너무 힘들어서 차라리 죽어버렸으면 하는 생각뿐이었다. 그러면서도 한편으로는 이 고통스런 치료가 어서 빨리 끝나 일어설 수 있다면 하고 바랐다.

그런데 이번에는 입맛을 잃었을 뿐 아니라 음식 냄새마

저도 맡기가 역겨워졌다. 육체적인 고통은 곧 정신적으로 이어졌다. 삶의 의욕을 잃어버린 것이다.

시도 때도 없이 나도 모르게 눈물을 줄줄 흘리곤 했다. 그러니 이를 지켜본 아내의 심정은 어떠했겠는가.

아내는 소리없이 피눈물을 흘렸고, 이 광경을 지켜본 큰딸아이는 병실을 뛰쳐나가 복도에서 흑흑 흐느껴 울었다.

환부에서는 매일같이 이물질이 떨어져 나왔다. 그러다가 항암주사를 맞기 시작한 3일 후쯤 되었을 때부터는 이물질이 나오지 않는 것이었다.

이것을 항암주사의 효과로 생각한 나는 조금 안도감도 느꼈다. 옆방에서 환자가 실려나갈 때마다 남의 일같지 않게 느껴지던 마음이 비로소 평정을 찾았다. 더하여 나는, 살려는 의욕만 충만하다면 반드시 살 수 있다, 하는 자신감까지 생겼다. 찾아오는 문병객들에게도 의기양양하게 대했을 뿐 아니라 때이른 투병기를 말하기도 했다.

그러나 그것은 실로 잠깐이었다. 5일도 못 가서 환부에서는 다시 이물질이, 이번에는 한꺼번에 쏟아지기 시작한 것이다.

이때부터는 정말 가슴 깊은 곳으로 어두침침한 먹구름이 드리워져, 누가 와서 무슨 말로 위로를 해도 전혀 와닿지가 않았다. 중앙정보부 창설 멤버로 1차장을 지낸 당시 김근수 보훈처장관(현 상주시장)의 부인 서 여사가 직접 문병을 와서 위로를 해주기도 하였지만 그때뿐이었다.

이런 나날들이 십오 일쯤 계속되었다. 그러자 무슨 주기라도 있는 듯 가슴 저 밑마닥으로부터 다시 삶에 대한 집

착이 서서히 되살아나기 시작하였다. 항암제의 고통이란 것이 얼마나 엄청난 것인가를 이미 체험을 통해 알고 있었지만 나는 주저하지 않고 홍원표 박사에게 다시 항암주사를 놓아달라고 졸랐다.

일반적으로 항암제를 맞으면 체력이 급속도로 떨어지기 때문에 한번 항암제를 맞고 난 후 다시 맞으려면 적어도 이십여 일은 지나야 하는 것이 상식이라고 했다. 그러나 나는 그런 주의사항을 귀담아듣지 않았고, 이런 내 고집에 홍 박사도 흔쾌히 승낙하여 나는 십칠 일 만에 두번째 항암주사를 맞게 되었다.

두번째 항암제를 맞아도 중세는 첫번째 주사를 맞았을 때에 비하여 별로 호전되는 것 같지 않았다. 나는 다시 절망에 빠졌다. 식욕은 물론이고 기력마저도 한없이 쇠잔해졌다.

다만 남다른 게 있다면, 항암제 주사를 맞은 환자들은 대개 주사가 워낙 독하여 머리가 빠진다는데 나는 별로 빠지지 않았다.

나는 두 번이나 항암제를 맞고도 차도가 없자, 이젠 정말 마지막이라고 생각하고 방사선 치료를 요구했다. 주치의 홍 박사도 내가 요구하기 전에 이미 마지막 치료 방법으로 방사선 치료를 선택해 놓고 있었다고 했다.

홍 박사는 내게 방사선 치료에 들어가기에 앞서 주의해야 할 점 몇 가지를 설명해 주었다.

치료 후 부작용을 최소화하기 위하여 골수암 발암의 소지가 있는 이는 모두 뽑아야 하고, 또한 이를 뽑기 위해서는 먼저 당뇨병이 있는지 여부를 알아내기 위해 당 수치 검사를 해야 한다는 것이다.

검사 결과 당 수치에는 이상이 없었다. 이는 세 개가 좋지 않아 뽑기로 하였는데, 본래 하나씩 시한을 두고 뽑아야 하나 내 증상이 워낙 빠른 치료를 요하는 상황이었으므로 이를 무시하고 한꺼번에 뽑았다.

치료 과정에서 누군가 현재로선 방사선 치료가 암치료 방법에서 가장 첨단이라고 할 수 있으나 후유증 또한 만만치 않다고 내게 경고했다.

세브란스 병원에는 전문적인 암 치료를 위한 암센터가 따로 있다. 그래서 일반치료는 전문의로부터 진료를 받게 되지만 암에 대해서만은 이 암센터에서 치료를 받아야 했다.

암센터에 들어가기 위해선 먼저 CT 촬영을 해야 하는데, 이 CT에 증상이 보다 선명하게 나오도록 하기 위하여 맞아야 하는 주사가 있었다. 그러나 이 주사는 부작용이 있으므로 사전에 특수 체질인지의 여부를 알아내는 반응 체크를 하도록 되어 있다.

내 경우에는 검사자가 바로 이 반응 체크를 생략하는 바람에 정말 얼토당토 않게 암이 아닌 약물 부작용으로 하마터면 사신의 검은 손에 체포될 뻔했다.

주사바늘이 빠지자마자 맥박이 거칠어지며 나는 그만 죽음의 공포에 사로잡혔던 것이다. 소리소리 외쳐보았으나 아무도 내게 주의를 기울이는 사람이 없었다. 그도 그럴 것이, 내가 듣기에도 내 소리는 의도와는 다르게 아주

미약하였고, 손발을 움직이려 해보았지만 그 또한 여의치 않았던 것이다.

마침 상태를 체크하러 왔던 관계자가 내 모습을 발견했다. 그는 겁에 질려 이리저리 뛰며 해독제를 맞힌다 어쩐다 하며 소동을 피웠고, 이를 알아챈 경찰 동료 문병객들이 빠르게 여기저기 뛰어다니며 조치를 취해 주어 나는 회생할 수 있었다.

역시 어려울 땐 한솥밥을 먹는 동료들밖에 없구나 하는 생각에 뜨거운 것이 앞섶을 적셨다.

이러한 우여곡절 끝에 CT 촬영은 끝냈으나 곧바로 방사선 치료로 들어가는 것은 아니었다. 이번엔 환부에 방사선의 초점을 맞추기 위해 납으로 판을 짰고 투시되는 얼굴 부위에는 매직으로 표시를 해놓았다. 이 표시가 흐려지면 각도가 맞지 않아 치료가 불가능하므로 치료 기간 7주 내내 각별한 주의를 필요로 했다. 그래서 한 여름에 모자를 뒤집어쓰고도 모자라 목이 가려지는 옷을 입고 치료를 하러 다녔다.

나는 그때까지 세상에 암 환자가 그렇게 많을 줄은 미처 생각도 못했었다. 방사선 치료를 받기 위해 줄을 서서 차례를 기다리는 환자가 너무 많아 몇 시간씩 기다리는 것은 보통이었다. 그러다보니 자연 이 사람 저 사람과 얘기도 나누게 되었고 많은 다른 환자들을 알게 되었다.

그렇게 같이 얘기를 나누던 사람들이 어느 날 갑자기 흰 가운으로 얼굴이 가려지는 것을 보는 것도 한두 번이 아니었다. 그 와중에서도 느낀 점은, 역시 살아야겠다는 의욕이 강해야만 살아남을 수 있다는 것이었다.

얘기를 시작한 김에 이 글을 읽는 독자들에게도 말해 두고 싶은 게 있다. 뭐니뭐니해도 건강 관리는 평소에 꾸준히 잘 해야 하지만, 그에 못지않게 중요한 것은 또한 규칙적인 건강 상태의 체크이다. 암은 알려진 바와 같이 증상을 조기에 발견하는 것만이 현재까지 나타난 가장 확실하고 유일한 치료법이라는 것이다.

다음으로 일단 발병한 환자는 의사의 명령에 절대복종해야 한다는 점을 말하고 싶다. 이와 관련하여 나는 한 병동에서 자주 얘기를 나누었던, 나와 똑같은 증상인 비인강 악성종양을 앓던 환자가 죽은 얘기를 나중에 아내로부터 듣고는 가슴이 서늘했었다.

그는 고등학교 선생님이었다. 내가 입원하기 육 년 전에 입원을 하여 칠 주 동안의 방사선 치료를 받은 뒤 치료 효과가 좋아 퇴원했었다. 완쾌된 줄 알고 술도 마셨고, 음식도 별로 가리는 것 없이 먹었다고 했다. 그러다 몇 년이 흐른 뒤 재발이 되어 다시 콧속으로부터 이물질이 나오곤 하는 바람에 병원에 다시 입원했다고 한다.

방사선 치료를 받게 되면 보통 치료 도중엔 잘 모르지만 치료가 끝나고 난 뒤엔 극심한 피로감이 몰려온다. 그 선생은 다시 방사선 치료를 받고 증세가 호전되어 퇴원을 하였지만, 이 피로를 무시한 채 무리하게 학생들을 가르치다가 치료가 모두 끝났음에도 마침내 몇 개월 후에 사망하고 만 것이다.

나는 치료 기간 내내 이 일을 까맣게 모르고 있었다. 내

의지가 꺾일까 봐 아내가 말해 주지 않았던 것이다.

우리는 서로 증상이 같은 동병상련의 처지라 아내들끼리도 내왕이 있었던 모양이었다. 서로 전화도 하고 종종 왔다갔다하기도 하며 지냈는데, 내가 방사선 치료에 들어가자 아내도 내 간호에 바빠 한동안 연락을 못하고 지냈다고 했다. 그러던 차에 둘 사이의 연락이 너무 소원했다고 생각한 아내가 어느 날 그의 집을 방문하였다.

그랬더니 그 환자는 이미 몇 개월 전에 세상을 떠났더란 것이다. 그 얘기를 들은 아내는 그만 그것이 남의 일 같지가 않아 어떻게 인사도 하는 둥 마는 둥 하고 그 집을 나온 뒤에 그만 길에서 정신을 놓아버렸고, 깨어보니 세브란스 병원 응급실이었다고 한다.

부랴부랴 집으로 돌아온 아내는, 마침 방사선 치료를 받은 후여서 온몸이 축 늘어진 채 몸도 제대로 못 가누는데다 눈물을 줄줄 흘리고 있는 나를 보곤 그만 슬픔이 복받쳐 화장실로 달려가 펑펑 울었다고 한다.

나중에 학교에서 돌아온 큰딸아이는 집 안에 발을 들여놓자마자 엄마의 흐느껴 우는 소리를 듣곤 아버지가 돌아가셨구나, 하는 생각에 내 방으로 달려와 아빠! 하고 부르며 울음을 터뜨렸다.

그때 나는 무슨 영문인지도 모르고 눈물만 줄줄 흘리고 있었다. 그러는 동안에 둘째딸, 막내아들도 들어와 엄마와 언니가 울고 있으니까 역시 울음을 터트리는 통에 우리집은 한동안 울음바다가 되어버렸다.

그러나 내 병은 칠 주 동안의 방사선 치료 중 사 주가

지나도록 좀처럼 차도를 보이지 않았다. 나는 스스로, 내
가 지금 이미 예정된 죽음 앞에서 어떻게든 빠져나가 보
려고 발버둥을 치고 있는 건 아닌가 하는 생각이 들었다.
그러다가 내 치료에 온갖 정성을 쏟는 아내의 모습을 보
면 다시, 내가 이래서는 안 되지 하고 마음을 추스리곤 했
다.

　어느 날은 해도해도 끝이 없는 치료에 아내도 지쳐, 환
자 가족들이 줄줄이 늘어서 있는 암센터 앞에서 그만 울
음을 터트려버린 일도 있었다. 아내의 울음에 나도 눈물바
람을 했고 주위 사람들의 시선은 모두 우리에게 모아졌다.

　그들의 시선은 한결같이, 저 사람도 결국 병상을 벗어나
지 못하고 수일 내에 죽고 마는가 보다 하는 눈빛을 담고
있었다. 그래도 우리 부부는 부끄러움도 잊은 채 그렇게
한동안을 펑펑 울었다.

　울음도 치료제의 역할을 하나 보다. 한동안을 울고 나니
기분이 다소 안정되고 어느새 내가 죽음으로부터 멀리 달
아나 있는 것같이 생각되었다.

　그렇지만 병세는 조금도 차도가 없었다. 이제는 정말로
삶을 포기하는 수밖에 없었다. 마음으로부터 주변을 하나
둘 정리해 나갔다.

　나중에 안 일이지만 아내도 이때쯤엔 의사로부터 상속
문제 등을 포함해 마음의 정리를 해두는 게 좋을 것이란
주문을 받았다고 한다. 본시 마음이 약한 아내는 이 말을
듣는 순간 앉은 자리에서 일어나지도 못했다는 것이다. 부
들부들 떨고만 있는 아내를 결국 간호사들이 침대에 부축

해 뉘어놓았고 치료를 받은 뒤에야 일어설 수 있었다고
한다.

혼자 있을 때 다가오는 죽음에 대한 공포는, 그것을 오
롯이 혼자서 감당해야 한다는 생각과 함께 사람의 의지를
더욱 한없이 흔들어놓는다. 그것은 마치 폭풍은 거세게 몰
아치는데 나 혼자 바다 한가운데에 놓인 채 떠다디는 느
낌이었다.

지독한 외로움과 쓸쓸함이 사람을 예민하게 만들었다.
나는 아내와 자식들의 태도에서 그들이 일부러 내 앞에서
웃어 보인다든가 억지로 과장된 행동들을 한다는 걸 느꼈
다. 뭐 먹고 싶은 게 없느냐고 물어보기도 하는 등 서로
교대를 해가면서 한시도 내 곁을 비우지 않고 있었다.

나도 가족들의 마음을 이미 읽고 있었다. 그래서 일부러
더욱 강인한 모습을 보이려고 노력하기도 했지만 결국은
얼마 못 가서 서로의 감정을 이기지 못하고 울음바다가
된 적도 한두 번이 아니었다.

그런데 치료가 4주를 지나 5주에 접어들 때였다.

이미 죽음을 준비하고 있던 내게 조그만 변화가 생기기
시작했다. 그것은 매일매일 쏟아지던 이물질이 멈춘 것인
데, 아무도 눈치채지 못했지만 나는 금방 느낄 수 있었다.
하지만 앞서의 경험도 있고 해서 이번엔 누구에게도 말하
지 않고 혼자 좀더 지켜보기로 했다.

그런 날이 하루가 지나고 이틀이 지났을 때 나는 비로
소 이젠 살았구나 하고 생각했다. 미친 사람처럼 소리를
질렀다. 이것은 하느님이 내게 축복을 내리신 거다, 어서

담당의사에게 알려야지, 하고.

내 몸의 변화를 눈치채지 못한 아내는 그런 나를 이상한 눈으로 바라보았다. 아내는 이제 내가 정신분열증이라는 합병증 증세를 보이는 게 아닌가 하여 두려움에 싸여 있었다고 한다.

나는 아내의 표정에서 그런 느낌을 갖고 마음을 진정한 다음 내 몸의 변화에 대해서 차근차근 설명을 해주었다. 그러나 아내는, 아내뿐 아니라 다른 모든 식구들도 내 말을 믿으려 하지 않았다. 그도 그럴 것이, 불과 며칠 전 내 담당의사로부터 임종을 준비하라는 말을 들었기 때문이었다.

하지만 가족들이 믿든 안 믿든 간에 그것이 사실이므로 나는 기뻐하지 않을 수 없었다. 그리고 그 주의 진찰일이 다가왔을 때 나는 내 몸의 상태를 주치의 홍 박사에게 설명해 주었다.

그는 환부를 열심히 살펴보더니 가족들에게 내 말이 맞다고 안심을 시킨 후,

"내가 뭐랬소. 열심히 치료하면 낳을 거라고 말하지 않았소. 그러나 방심은 금물이니 앞으로도 내 말을 잘 들어야 살 거요."
했다.

이 말은 결정적으로 가족들에게 희망을 주는 말이었다. 가족들은 모두 기뻐서 어쩔 줄을 몰랐다.

나중에 들른 암센터 김 교수도 상태를 살펴보고는, 역시 좋은 징조니 담당의사들의 말을 잘 들으라고 주문을 한

뒤 나갔다. 그때서야 비로소 우리 부부는 확신을 갖고 주변도 의식하지 않은 채 서로 얼싸안고 울음을 터트렸다. 주변에 있던 사람들이 의아하게 생각하여 무슨 일이냐고 물었을 때 나는,

"나는 살았어요! 내가 낫는대요!"
하며 소리를 지르기까지 했다.

그들 모두는 환자와 환자의 가족들이라 내 말을 듣자 삽시간에 나를 에워쌌다. 그리고 서로 다투어가며 어떤 식으로 치료를 해왔는가를 물었다. 나는 들뜬 마음으로 그들에게 그 동안의 경과를 설명해 주었다.

그리하여 치료는 성공적으로 끝났다. 마지막으로 홍 박사는 내게 다음과 같은 주의사항을 주었다.

첫째, 방심하면 위험하다. 정신적으로 극복하라.

둘째, 과로하지 마라.

셋째, 스트레스를 받는 일은 가급적 피하라.

넷째, 과음하지 말고 음식을 골고루 섭취하라.

그리고 정기적인 치료를 받는 것을 잊어서는 안 된다는 말과 함께 나는 퇴원을 할 수 있었다.

내가 김대중 총재의 얘기를 하는 도중 이렇게 장황하게 내 자신의 암 투병기를 늘어놓은 것은 까닭이 있어서이다.

높은 산에 오르니 세상이 보인다고, 큰 병을 앓고 나니 세상의 모든 것을 찬찬히 살필 수 있는 눈이 떠졌다.

죽음의 공포란 다른 어떤 것에 비견될 수 없었다. 그것은 이미 그 자체로 견고한 전체였다. 나는 이것을 바닥까지 체험한 후에야 비로소, 사선을 넘은 후에도 끊임없이

그러한 위협에 시달리며, 그러면서도 자신의 신념을 잃지 않는 김 총재가 정말 큰 인물로 보였던 것이다.

암 투병 생활을 포함해 그 동안 세 차례에 걸쳐 신앙체험을 한 나는 하느님이 내 곁에 존재하고 있음을 더욱 확신하게 되었고, 김 총재가 몇 차례나 죽음의 고비에서 살아난 것은 김 총재의 간절한 기도를 들은 하느님의 뜻이었음을 이해하게 되었다.

인사명령 '난지도 쓰레기장'

암 치료를 위해 투여받은 방사선의 후유증이 예상했던 것보다 훨씬 심각했다. 이가 모두 썩어내리고 침샘이 죽어 침이 나오지 않아 지금도 밥을 먹으려면 반드시 물에 말아야 한다. 심지어는 빵이며 과자, 껌까지도 물에 말지 않으면 씹을 수가 없다.

그러다 보니 말을 하는데도 발음이 시원치 않게 나왔다. 신경은 예민해지고 피로가 빨리 와서 어떤 일에도 오래 집중할 수가 없었다. 이러한 이유로 어렵고 힘든 근무는 피하게 되었는데, 설마 그로 인해 내가 불이익을 받게 될 줄은 꿈에도 몰랐다.

나는 퇴원 후 난지도 쓰레기장으로 근무지 변경 인사발령을 받았다. 경찰관으로 살아오면서 가졌던 최소한의 긍지마저 한꺼번에 무너져내리는 순간이었다.

물론 난지도도 누군가 근무를 해야 하는 곳이다. 이런 일이 평상시에 일어났다면 나는 그렇게 흥분을 하진 않았을 것이다.

젊고 건강하여 부려먹을 수 있을 때는 가택 연금에 미행감시까지 그 어려운 근무를 밤잠 한번 제대로 못 자게 하고 충성하게 하더니, 이제 병이 들어 수술을 하고 퇴원하자 과거에 무슨 일이 있었느냐는 듯 하루 아침에 안면을 싹 바꾸어버리는 그 행태에 끓어오르는 울분을 가누기 힘들었다.

나는 가만히 지나간 일들을 돌이켜보았다.

87년 6월 김 총재가 가택 연금에서 해제되었을 때 나를 비롯한 우리 근무자들은 누구보다도 좋아했다. 그날 동교동은 전국에서 몰려온 지지자들이 주변을 에워싸 그야말로 인산인해를 이루었는데, 우리도 감시를 푼 것이 마치 우리 자신들이 연금에서 풀려난 것 같은 기분이 들었다.

마음이 그렇게 가벼울 수 없었다. 그 동안 이유 여하를 막론하고 우리가 일선 창구였으므로 동교동 사람들이 우리를 향해 대정부 항변을 퍼부을 때나 김 총재와 이희호 여사, 김홍일 씨 등을 만날 때면 큰 죄를 짓고 있는 것 같아 얼굴을 바로 들 수 없었다.

국가 공무원으로서 근무하고 있었다 하더라도 떳떳한 일을 수행하는 게 아니었으므로 우리는 누구의 얼굴도 바로 쳐다보지 못했고 마음이 편치 않았다. 그래서 어떤 때는 오히려 감시를 받는 쪽이 동교동이 아니라 우리인 것 같은 착각이 들었던 적도 많았다.

누구보다도 김 총재와 김 총재 가족이 겪어야 했던 아픔을 가장 가까이서 보아왔고, 그중 대부분은 우리의 손을 통해서 이루어졌기 때문에 마음속 깊이 떨쳐버릴 수 없는 짐을 짊어진 느낌이었다.

육체적인 고통은 놔두고라도 이렇듯 정신적인 압박감에 시달리면서도 열심히 일해 왔는데, 이제 쓸모없게 되었다 싶자 난지도라니. 꼭 쓰레기통에 내던져진 기분이었다.

김 총재가 미국에서 돌아올 때, 가기 싫다는 사람 억지로 끌어다 붙들어 앉혀 놓고 진급이 어쩌구 하며 온갖 휘황한 말장난으로 사람을 기만하더니, 이제 몹쓸 병을 앓아 몸이 초췌해지자 하루 아침에 헌신짝버리듯 난지도로 팽개치다니. 나는 몇날 며칠 동안 울분을 삭이지 못하였다.

진급이나 좋은 보직을 바란 건 아니었다. 막 치료를 끝내고 심각한 후유증을 앓고 있는 내가 버티기엔 난지도는 힘든 장소였다. 쓰레기 오염이 심각하여 건강한 사람도 곤혹스러워하는 곳으로 발령을 냈다는 사실이 인간으로서 가져야 할 최소한의 믿음조차 잃게 만들었다.

'이제 폐품이 된 당신은 쓸모없게 되어 그리로 보내니 알아서 그만두라'는 것이라면 나는 더욱 그런 비민주적인 행정을 받아들일 수 없었다.

비참한 심정이었지만 그렇다고 가만히 앉아만 있을 수 없었다.

나는 동교동에서 근무할 당시 한때 서장으로 모시고 있었던 분을 찾아가기로 했다. 그분은 그때 고위직으로 영전해 갔는데, 마포경찰서에서 함께 근무할 때 우리에게 항상 '김대중 총재 관련 업무가 어려운 줄은 알지만 최대한 공정하고 절대로 불필요한 행동은 하지 말 것'을 당부하곤

했다. 보기 드물게 훌륭한 성품과 균형을 갖춘 상관으로
많은 부하들의 존경을 받고 있었다.
　사정 얘기를 들은 그분은,
　"그럼 곤란하지. 동교동에서도 정말 열심히, 특별한 문제
없이 근무를 잘했는데."
하고는 해법을 찾아주었다.
　나는 그때서야 쓰린 마음을 조금 달랠 수 있었다.
　그렇게 되어서 내 난지도 발령은 신설되는 노원경찰서
정보과로 변경되었다.

상계동에서의 재회

나는 노원경찰서로 전보되었다가 내 근무지 행정구역이 도봉서 관할로 바뀌는 바람에 다시 도봉경찰서로 전보발령되었다.

내가 도봉경찰서에서 근무하기 시작한 얼마 후 총선이 있었다. 초대 지방자치 선거와 그리고 국회의원 선거, 이어서 대통령 선거가 있었다. 그러던 어느 날, 김 총재가 선거 지원유세와 본인의 대선 유세차 상계동에 있는 구민회관과 초등학교를 방문한다는 걸 알게 되었다. 김 총재가 상계동으로 온다고 하니 꼭 찾아뵙고 싶었다.

나는 미리 유세장을 찾아가 김 총재가 오기를 기다렸다.

얼마 후 김 총재가 현장에 도착하여 구민들과 일일이 악수를 나누는 것을 보고 멀리서나마 김 총재를 향해 박수를 쳐주었다. 연설도 들어보려고 하였으나 소음 때문에 거의 들을 수가 없고 간간이 악센트만 흘러나왔다.

그러나 나는 그것으로 충분했다. 오랫동안 김 총재를 미

행하며 따라다니다 보니 그 정도로도 나는 김 총재가 무
슨 말을 하려는지 분명히 느낄 수 있었다.

　여기에 참석한 사람들은 정부에서 선거 때마다 통반장
조직을 동원하여 돈으로 산 인파들과는 근본적으로 달랐
다. 자발적으로 참여한 그들의 열기 속에서, 이십여 년 전
마산서 시절 진 지서장이 느꼈을 법한 바로 그런 느낌이
전해져 오는 것 같았다.

　가슴속에서 뭔지 모를 감회가 울컥 솟았다. 그러나 선거
에서 엄정중립을 지켜야 하는 경찰관의 신분인만큼, 거기
서 일반 시민들 틈에 끼여 같이 박수를 쳐대기도 뭣하여
나는 조용히 밖으로 나왔다.

　밖에는 김종선 수행비서가 있었다.

　내가,

　“김종선 씨 오랜만이오.”

하고 말을 꺼내자 그도 나를 돌아보더니,

　“야, 이 부장님 이게 얼마만이오. 건강은 좀 어때요?”

하고 물어왔다. 내가,

　“이젠 민주화도 되어가는 모양이니 한잔 해야지요.”

했더니 그도 웃으며,

　“그렇구말구요.”

하고 받았다.

　그제야 농담을 해도 그렇게 떳떳하고 편안할 수가 없었
다. 우리는 한동안 쌓이고 쌓인 동교동 이야기로 시간 가
는 줄 몰랐다. 그가,

　“이 부장님 그 동안 정말 고생 많았어요.”

하고 말했을 땐 마치 그 동안 내가 저지른 모든 일의 죄
사함을 받는 기분이었다. 그때 막 연설을 끝낸 김 총재가
승용차 쪽으로 다가왔다. 곁에서 나를 알아본 김옥두 의원
이,
 "동교동에 근무했던 이 형사입니다."
하며 나를 향해 아는 척을 했다.
 김 총재도,
 "응, 알아."
하더니,
 "그래, 별일없고?"
 내 안부를 묻곤,
 "지금은 바쁘니 다음에 보지."
하고는 차에 올라타더니 내게 만년필 하나를 선물로 주었
다.
 그러나 이 사소한 일도 쳐다보는 눈이 있어 문제를 삼
는 상사가 있었다. 나는 그때서야 민주화란 것이 말 몇 마
디로 이루어지는 간단한 일이 아니라고 생각하였다.

정보과 형사가 경제신문을 읽게 된 사연

나는 경찰관이 된 이래 이 직업을 천직으로 알고 살아온 사람이다. 다른 일은 생각도 못해 봤고, 그럴 만한 능력도 없다. 그래서 비록 일이 어렵고 힘들 때일망정 자괴감에 빠져 스스로 자탄을 일삼기는 했어도 다른 일을 해야겠다는 생각은 하지 않았다.

그런 내가 더더구나 일반적으로 전문적인 지식을 요구하는 것처럼 생각되는 경제를 말한다면? 나를 알고 있는 사람이나 내 스스로 생각해도 전혀 어울릴 것 같지가 않다.

부지런하고 생활력 강한 아내에게 가정 경제마저 전적으로 맡겨두고 꼬박꼬박 월급만 타다 바치는 입장이니 오죽하겠는가.

이런 일은 비단 경제에 국한된 것은 아니었다. 김 총재를 미행하여 강연회나 연설회장 같은 데를 가더라도 나는 끝날 때까지 거의 밖으로만 돌았는데, 들어봐야 무슨 말인지 알아들을 수도 없고 또한 골치 아픈 정치 문제엔 아예 신경조차 쓰고 싶지 않았기 때문이다.

동교동에 있으면서 내 눈에 비친 우리나라 정치는 온통 조직 폭력배들의 세계처럼 부정적인 모습으로만 비쳐졌다.

힘이 센 악당들은 온갖 영화를 누리며 버젓이 활개를 치고 다니는 데 반해 그래도 양심이 있다고 하는 그 반대편 사람들은 늘 얻어터지기만 할 뿐이었다. 힘이 강한 자들은 그들의 권력과 금력을 총동원하여 부정과 불의를 일삼으며 자신들의 행위를 정의로 미화하는 데 반해, 힘없는 쪽은 힘이 없다는 그 자체만으로도 부정한 것으로 내몰리고 매도되었다.

이 모든 일들을 직접 곁에서 보고 듣고 겪은 내가 정치에 혐오감을 갖는 것은 어쩌면 지극히 당연한지 모르겠다. 그래서 나는 묵묵히 내 일만 하면 그만이라고 생각했다. 그 일이 결국은 부정한 자들을 도와주고 있는 것이란 사실을 잘 알면서도.

그러던 어느 날이었다. 김 총재의 강연회를 따라갔던 나는 그날도 강연장 밖에서 사람들의 동태만 파악하고 있었다. 그때 한켠에서 기자들이 자기네들끼리 하는 얘기를 우연히 듣게 되었다.

다른 말은 차치하고라도 그들 얘기의 주된 요점은, 김 총재는 단지 정치인일 뿐 그렇다고 경제학을 전공한 사람도 아닌데 어떻게 연설할 때마다 경제담당 기자인 자신들도 깜짝깜짝 놀랄 만큼 생소한 용어들과 전망을 내놓는지 모르겠다는 것이었다.

이 얘기 정도야 그들보다는 내가 쉽사리 이해할 수가 있었다. 김 총재를 감시하면서 나는, 김 총재가 일주일에 평균 열두 권의 전문서적을 독파한다는 사실을 알고 있었으므로.

그러나 많은 지식이 곧 확실한 정책으로 이어지는 것은 아닐 것이다. 그것은 지금까지 내노라 하는 학자들이 다투어 권력 주변에서 자랑삼아 자신의 정책들을 시험했지만 그들 중 국민에게 이렇다 할 가시적 성과를 보여준 사람은 별로 보이지 않았기 때문이다. 내 주의를 끈 것은 그들의 다음 말이었다.

"사실 모든 문제의 기본은 먹고 사는 문제 아냐. 이 문제를 풀지 못하면 아무리 민주화의 업적이 뛰어난 정치가라고 해도 그에 합당한 평가를 받을 수 없지. 먹고 사는 문제에서 스트레스를 받게 되면 실생활에서 국민들이 느끼는 체감 민주화란 것도 공허한 것이 되고 말 테니까 말야. 그런 점에서 보면 만일 김 총재가 대통령이 된다면 경제 문제 하나는 확실하게 풀 거야, 응?"

이렇게 말한 기자는 곁에 서 있는 다른 기자의 동의를 구하듯 그의 얼굴을 들여다보았다. 그도 맞장구를 치듯이,

"그래. 외신기자들도, 특히 일본기자들은 김 총재와 인터뷰할 때면 반드시 무릎을 꿇잖아. 그들의 습관 때문이라고 말할 수도 있겠지만, 사실 어떤 질문을 하더라도 질문한 사람을 쉽게 설복하고 마는 김 총재의 풍부한 학식에 대한 경의라고도 할 수 있겠지."

이 말은 내가 지어낸 것이 아니다. 나도 이 이야기를 듣는 순간 좀 묘한 느낌이었다. 신문에서는 정작 입만 열면 김 총재를 욕하고 깎아내리기 바쁜 기자들이 사석에선 이런 얘기도 할 수 있다니.

하지만 이들의 얘기는 이후에도 두고두고 나에게 생각할 소재를 제공해 주었다. 바로 그들의 얘기 중에서 모든 문제의 기본이 경제라고 한 말이 그것이었다.

그렇다면 나도 최소한 기본은 알아야 하지 않겠는가. 이런 생각이 들었으나 내 나이에 새삼 공부를 다시 한다는 것도 그렇고 해서 무언가 늘 찜찜한 기분이 없지 않았다. 그러다가 얼핏 떠오른 것이, 그들의 대화 중에서 우리나라의 실물경제를 가장 정확하게 파악하고 있는 사람은 역시 김 총재란 말이 떠올라, 그렇다면 새삼스럽게 공부를 다시 시작할 것이냐를 가지고 고민할 것이 아니라 이제부터라도 김 총재의 연설을 한번 열심히 들어봐야겠다는 생각이 들었다.

이때부터 나는 김 총재가 강연회나 연설을 할 땐 더 이상 밖으로 겉돌지 않았고, 가능하면 메모를 해가며 김 총재의 말을 한마디라도 더 귀담아 들으려고 노력했다.

누구나 아는 사실이지만 지금 우리나라 경제는 그 동안 달려온 성장의 신화 속에서 밑바닥부터 흔들리고 있다. 거기다 정책의 부재라고 할 만큼 일관성 없는 정부의 정책, 그리고 아직까지도 구태의연한 대기업 위주의 정책 등이 근본적으로 경제를 표류하게 만들고 있다는 사실은 이미 새로운 것도 아니다.

  지금 필요한 것은 특별히 새로운 정책이 아니라 일관되고 꾸준한 정책과 벤처 산업의 육성을 통한 자생능력의 확보, 이를 위한 중소기업에 대한 과감한 지원 등일 것이다.

  이것은 내가 다른 서적을 통하지 않고 거의 김 총재의 강연과 연설 내용들을 통해서 이해한 것이다. 전문가들이야 어떨지 모르지만, 경제에 나름대로 관심을 갖고 있는 일반 시민들이나 기업을 하는 사람들에게 이와 같은 의견을 말하면 동의하는 사람들이 많았다.

  어쨌든 지금 우리는 경제 정책의 골간을 어떻게 잡고 그 정책을 어떻게 추진하느냐에 따라 경제가 결정되는 중요한 시기에 와 있다. 그리고 경제 정책에 대한 국민들의 인식의 높이에 따라 그 성패가 달려 있는 중요한 시점에 와 있음도 분명하다.

복덕방이 있던 자리에서 되돌아봄

복덕방이 있던 자리는 이제 한길로 뚫려 있고 작은 초소가 들어서 있다. 초소에는 상근자가 없다. 야간 순찰을 돌 때나 특별한 경우에만 쓰는 방범초소이기 때문이다.

복덕방이 사라지고 없는 그 자리에 다시 서니 새삼 많은 생각이 떠올랐다. 우리가 그 자리에 죽치고 앉아 세월을 보냈던 것은 부끄러운 일이었다. 그러나 지금 와서 돌이킬 수는 없는 일.

다만 그런 일을 하는 와중에 나에게는 소득이라 할 만한 게 없진 않았다.

경찰 생활 대부분을 정보과 형사로 정치인들을 감시하고 동향을 탐지하는 일만 해왔기 때문에, 돈을 모으고 재산을 축적하는 데는 둔감할 수밖에 없는 처지였다. 동교동에 처음 근무할 때는 실제로도 그런 편이었는데, 복덕방에서 근무하는 시간이 늘어날수록 부동산 가격의 흐름에 익숙하게 되고 은행을 적절히 이용하는 방법을 알게 되었다.

그 덕분에 전세를 살다가 내 집을 마련할 수 있었고, 지금은 70평짜리 다가구 주택의 주인이 되었다. 물론 대단한 재산을 모은 것도 아니고, 그럴 능력도 생각도 없었지만 그나마 이 정도로 먹고 살 만큼 된 건 그때 복덕방에서 근무한 덕택이라 생각한다.

하지만 성실하게 다른 데서 근무했다 하더라도 이 나이에 누군들 이 정도는 되지 않았을까 싶은 생각도 든다. 못난 남편 대신 집안 살림을 알차게 꾸려온 아내를 보면 더욱 그렇다.

결코 자랑스럽지 않은 지난날의 내 모습이 다시 주마등처럼 눈앞을 스쳐간다.

주변 여기저기 개똥이 깔려 있고 소변 냄새가 코를 찌르던 허름한 복덕방, 그곳에서 혼자 라면이나 밥을 끓여먹으며, 세 아이의 아버지로서 또 한 여자의 남편으로서의 자리를 지키기 위해 적당히 무능하고 적당히 부정을 용인하고 그리고 부정한 자들의 손발이 되어주었던……

그 치욕의 장소로 부끄러운 줄도 모르고 사랑하는 아이들에게 김치단지를 나르게 했다. 그뿐인가. 늘 지나다니는 주민들에게 신분증을 꺼내 보이도록 요구하고, 그들에게 일상적으로 불편을 끼치면서도 식사때가 되면 반찬을 얻어다가 먹곤 한 것이다.

새삼 자식들 보기가 민망하고 주민들에게 죄스럽다.

경찰관은 국가 공무원으로 떳떳한 직업인데, 왜 나는 떳떳하지 못했을까. 지난 시절이 왜 이렇게 후회스러울까.

모든 것을 부정한 정권 탓으로만 돌릴 수 없다는 걸 나

도 안다. 그래서 이 자리에 선 내 자신이 더 부끄럽고 후
회스러운지 모른다.

동교동에서 맞은 정년퇴임

　도봉경찰서로 간 지 4년 만에 나는 다시 마포경찰서 정보과로 원상 복귀되었다. 그로부터 얼마 후 김 총재는 일산 신도시로 이주를 했다. 동교동측의 애기론 김 총재의 오랜 숙원사업인 통일 문제를 보다 가까운 곳에서 구상하고 보다 맑은 공기를 마시며 살고 싶어서였다고 한다.

　그러나 말 만들기 좋아하는 사람들은 이번에도 가만 있지 않았다. 입이 근질근질하던 참이라 마침 잘 됐다는 듯 한술 더 뜨고 나왔다. 과거 동교동 건물을 재건축할 때에도 지하에 터널을 뚫었다는 둥 벙커를 뚫었다는 둥 고도의 정치적 심리전 성격을 띤 루머를 퍼뜨리던 사람들은, 아니나다를까 또다시 루머를 만들어 퍼뜨리기 시작했다.

　사실과는 전혀 거리가 먼 초호화 저택을 지었다든가 또는 동교동 집은 지기가 약하여 대통령 고지를 넘지 못할 곳이므로 대통령이 되기 위해 일산으로 이사를 했다고 말이다.

얼핏 생각하면 이런 얘기들은 사람들이 자기들끼리 추측하여 이야기하는 루머들처럼 들리지만 실은 그렇지 않다. 정보를 다루어본 사람이면 진실을 안다.

중상 모략과 사실 왜곡을 통해 상대방을 궁지에 빠트리는 일은 비열한 행위지만 아직도 우리 사회에서는 낯설지 않은 풍토이다.

특히 선거철이면 어김없이 등장하는 용공 시비는 국가와 사회를 황폐화시킬 뿐 아니라 21세기 선진 한국으로 들어서는 지금은 결코 해서는 안 될 일임에도 그 유혹을 떨쳐버리지 못한 사람들과 세력들이 있는 게 사실이다.

그렇지만 동기야 어찌됐든 간에 아직도 김 총재의 이름을 입에 올리면 괜히 벌레 씹은 표정이 되는 사람 또한 많은 것도 사실이다. 과거 군사정권 시절부터 누적되어 온 왜곡된 이미지가 김 총재를 정서적으로 쉽게 받아들이지 못하게 하는 것이다.

김 총재로서야 한없이 억울하고 답답한 일이겠지만 어쩔 수 없이 그 짐은 김 총재 자신이 고스란히 떠안고 갈 수밖에 없는 것도 사실이다. 현실을 그대로 인정하고 국민들이 마음을 열 수 있도록 설득시키고 이해시키는 일 역시 정치인이 해야 할 일이다.

어쨌든 동교동에 다시 돌아온 나는 예전과 달리 마음이 편했다. 이제 감시하고 탄압하는 역할이 아닌 일상적인 정보 업무를 취급했기 때문이다.

김 총재는 일산으로 이사를 하고도 성당만은 오랫동안 다니던 서교동 성당으로 나와 일요일마다 장남 김홍일 의원과 함께 미사를 본다.

생일 미사와 생환 미사를 볼 때는 나도 쭉 참석해 왔는데, 김 총재가 자유로운 몸이 되고 나서는 한결 가벼운 마음으로 그 자리에 참석하였다. 화난 얼굴에 날카로운 눈초리로 쳐다보던 얼굴들이, 세월이 약이런가, 이젠 환한 얼굴에 반가운 말 한마디 곁들이며 인사를 걸어온다.

언젠가 미사를 드리고 나오는 길에 주변이 너무 혼잡하여 성당 앞에 서서 교통정리를 했더니, 김 총재와 이희호 여사가 보고 손을 흔들어주었다. 그 많은 괴롭힘을 당하고도 여전히 친근하고 밝은 표정으로 반갑게 대해 준다.

생각해 보면, 나의 동교동 시절은 참 길고도 지루한 세월이었다. 그 세월 동안 내 가슴에 알게 모르게 쌓인 회한을 풀어내면 하루종일 걸려도 부족할 것이다. 그 시절은 떳떳하지 못했지만 그 떳떳하지 못한 시간 속에서 나는 많은 것을 생각하고 깨달았다.

한 정치인과 정치인의 아내로서, 아버지와 어머니로서, 남편과 아내로서 김대중 총재와 이희호 여사가 보여준 모습은 내게 깊은 인상으로 새겨졌다. 탁월하고 뛰어난 유명 정치인이라는 점을 생각하지 않더라도 김 총재 일가가 보여준 가족애를 지켜보는 것만으로도 나에게는 훌륭한 가르침이요, 본보기이었다.

얼마 전 TV 토론에서 김 총재가 '정치는 가정의 행복을 지켜주고, 가정의 행복을 만들어주는 것을 바탕으로 이루어져야 한다'고 말하는 걸 듣고 크게 공감했다. 가정의 행복이 깨어지고 파탄났는데, 거기에 다른 무엇이 아무리 잘

된다 한들 무슨 삶의 즐거움이 있겠는가. 지금 우리에게는 그런 정치가 절실히 필요하기도 하다. 나는 그 이야기를 들으면서 과연 김대중 총재가 할 수 있는 말이라 생각했다.

김 총재와 김 총재 일가가 그 어려운 고통 속에서도 삶의 아름다운 모습을 가꾸고 지켜가는 것을 본 것으로 떳떳하지 못한 나의 동교동 시절을 위안으로 삼으며 나는 올 여름, 정보과 형사로 첫 근무지였으며 경찰 인생의 마지막 근무지였던 동교동에서 그 동안의 숱한 기억들을 뒤로 하고 정년퇴임을 했다.

회한의 시절, 형언할 수 없는 아쉬움을 동교동에 남겨둔 채.

전마포경찰서 정보과 형사의
김대중 보고서

처음 펴낸날 · 1997년 10월 10일
두번 펴낸날 · 1997년 10월 25일
지은이 · 이   열
펴낸이 · 장청화
펴낸곳 · 문화샘
주소 · 121-231 서울시 마포구 망원1동 384-20
전화 · 3141-6554 (대표)
전송 · 3141-6555
등록번호 · 제10-1301호 (1996년 6월 12일)

인쇄 · 신화인쇄공사 (나병문)
제본 · 성용제책사 (조주환)

값 6,500원

ⓒ 이 열, 1997

▶ 잘못된 책은 바꾸어 드립니다.
▶ 지은이와 협의하여 인지를 붙이지 않습니다.
▶ ISBN 89-86965-02-X (03810)